Ljudmila Petruschewskaja
Die neuen Abenteuer
der Schönen Helena

SERIE PIPER

Zu diesem Buch

Ljudmila Petruschewskajas Märchen stehen in bester Tradition der russischen Kunstmärchen. Mit überraschender Leichtigkeit und großem Charme erweist sie sich als eine brillante Erzählerin – über allen Dingen liegt der funkelnde, zarte Schleier des Zauberhaften: Da kauft sich ein kleines Mädchen statt eines Schulheftes eine billige Sonnenbrille, die sich als Zauberbrille entpuppt, mit der sie verborgene Dinge sehen kann. Oder man liest von dem gekränkten Samowar, den die Familie nach einem Sommer auf der Datscha ohne Mütze, das heißt ohne Deckel, einfach so auf dem Wandbord hat stehenlassen. Er freundet sich mit dem ebenfalls verlassenen Teekessel an, und sie beginnen über den Sinn des Lebens zu diskutieren. Ljudmila Petruschewskaja, eine der bekanntesten und interessantesten russischen Gegenwartsautorinnen, legt eine zauberhafte Sammlung moderner Märchen vor.

Ljudmila Petruschewskaja, geboren 1938, ist neben Tatjana Tolstaja und Ljudmila Ulitzkaja die bekannteste zeitgenössische russische Autorin. Sie lebt mit ihren zwei jüngeren Kindern in Moskau. 1997 wurde sie ständiges Mitglied der Bayerischen Akademie der Künste.

Ljudmila Petruschewskaja
Die neuen Abenteuer der Schönen Helena

Märchen für Erwachsene

Aus dem Russischen von
Antje Leetz

Piper München Zürich

Ungekürzte Taschenbuchausgabe
Piper Verlag GmbH, München
März 2000

Umschlag: Büro Hamburg
Stefanie Oberbeck, Katrin Hoffmann
Umschlagabbildung: Brad Holland
Foto Umschlagrückseite: Sabine Sauer
Gesamthersellung: Clausen & Bosse, Leck
Printed in Germany ISBN 3-492-22785-6

DER SAMOWAR

Ein Samowar war verlassen worden und vergessen. Den ganzen Sommer war er der Stolz und die Zierde des Tisches gewesen, von allen Seiten hatte er Lobreden gehört und jeden Abend in Gesellschaft der Tassen und Untertassen, der Marmelade und Schokolade seine Lieder gesungen.

Es hieß, der Tee aus diesem Samowar dufte besonders gut, nicht so wie der aus dem Teekessel, und die Kinder gingen extra mit einem Korb in den Wald, um Tannenzapfen zu sammeln und den Samowar zu heizen. Es war eine richtige Zeremonie, Feuer unter dem Samowar zu machen, eine Wissenschaft, so einfach war er nicht zu handhaben, manchmal mußte sogar ein alter Stiefel mitwirken, so weit konnte es kommen.

Der Samowar glänzte. Man hatte ihn auf dem Dachboden gefunden und so sehr geschrubbt und poliert, daß er wie ein Spiegel funkelte, dazu ein schiefer Spiegel, vor dem es einen verlangte, Fratzen zu schneiden. Alle lachten fröhlich, sangen, tranken Tee und erzählten sich lustige Geschichten, die Kinder spielten abends unter dem Sternenhimmel richtige Theaterstücke, und keiner hatte Angst vor Mücken, denn der Rauch des Samowars hielt sie fern.

So ein Prachtkerl war er, der Samowar, der Stolz der Familie, und plötzlich wurde er weggestellt und vergessen.

Plötzlich war ringsum alles leer, die Tür fiel ins Schloß, der Motor heulte auf – und der Samowar blieb mit dem häßlichen alten Teekessel auf dem Wandbord stehen. Mehr noch, in der Eile hatten sie seinen Deckel herunterfallen lassen, und so stand er ohne seine Mütze da, verstört und gekränkt.

Am liebsten hätte er geheult, doch vor der Abfahrt wurde er mit einem Handtuch trockengerieben, und er hatte keine Tränen, auch der Hahn war fest zugedreht worden, die Tränen konnten nirgends hinaustropfen.

Vor allem aber konnte er nicht begreifen, warum man ihn so schlecht behandelt, warum man ihn so herzlos verlassen hatte.

Er brummte: »Ich bin selbst schuld, ich bin völlig unnütz. Aber die Kinder sind mir auch welche! Haben getan, als ob sie mich lieben! Haben mir Wasser aus der Quelle geholt in kleinen Eimerchen und Tannenzapfen aus dem Wald! Für sich selbst haben sie das getan, so ist es. Damit sie selbst ihren Spaß haben, und ich Idiot habe ihnen geglaubt!«

»Idiot«, stimmte ihm der alte Teekessel zu. »Du bist ein Idiot.«

»Klar«, brummte der Samowar, »sie haben sich um mich gekümmert, haben mich mit Flußsand blank gerieben. Vielleicht sind sie doch nicht so schlecht. Vielleicht bin ich es, der schlecht ist. Vielleicht bin ich ihnen mit meinen Liedern auf die Nerven gegangen, ich habe gesungen wie ein Idiot.«

»Idiot«, stimmte ihm der Teekessel zu. »Einfach ein blöder Idiot! Warum heulst du so? Da hast du ja einen schönen Grund gefunden. Ich habe schon lange meine Ruhe und freue mich, daß sie mich in Frieden lassen.«

»Aber es muß doch einen Grund geben, daß sie mich nicht mehr mögen?«

»Ich glaube, weil du nicht elektrisch bist, das ist alles«, sagte der Teekessel hochmütig. »Wärst du elektrisch, wäre alles anders gekommen. Dann hätten sie dich in die Stadt mitgenommen. Aber du bist nicht elektrisch.«

»Das ist doch kein Grund, jemanden zu verlassen, im Gegenteil, sie haben mich gelobt, daß ich Tee mit Rauch koche und die Mücken vertreibe.

»Du Kupferkopf, kapierst du denn nicht!« sagte der Teekessel. »In der Stadt würden alle wie die Mücken an deinem Rauch ersticken.«

»Ja, in der Stadt würde ich keinen Nutzen bringen«, wehklagte der Samowar, »ich bin ein einfaches Ding, deshalb haben sie mich verlassen.«

»Du bist ein Zapfenfresser vom Lande«, sagte der Teekessel, »ja, wenn du elektrisch wärst wie ich, aber du bist ein primitiver Zapfenfresser.«

»Was soll ich tun, was soll ich tun?« stöhnte der Samowar. »Ich habe keine Tränen! Soll ich mich etwa vom Wandbord stürzen? Soll ich es ihnen auf diese Weise heimzahlen?«

»Klar«, sagte der Teekessel, »wer einmal gefallen ist, der fällt immer tiefer, wie mein Onkel Teekessel. Er ist vom Tisch gefallen, und da haben sie ihn noch weiter nach unten geworfen, in den Mülleimer, und dann haben sie den Mülleimer rausgetragen und leer wieder zurückgebracht, und wo sich jetzt mein Onkel Teekessel aufhält, weiß keiner und will auch keiner wissen. Der Eimer ist so ekelhaft, er sagt, es kommt die Zeit, da werdet ihr es erfahren, aber jetzt braucht ihr euch noch nicht darum zu kümmern. Dieser Weg ist also sehr gefährlich.«

»Aber irgendwie muß ich es ihnen doch heimzahlen«, brummte der Samowar, »ich kann schließlich nicht tatenlos dasitzen, wenn sie mich so gekränkt haben! Ich bin schließlich kein untätiger Holzklotz, den jeder beleidigen kann, wann er will!«

»Ein Holzklotz ist gar nicht so schlecht«, entgegnete der Teekessel. »Versuch mal, einen Holzklotz zu beleidigen. Er nimmt nicht mal Notiz von dir und lebt weiter. Ein Holzklotz kümmert sich um niemanden. Ein Holzklotz hat Achtung vor sich!«

Der Teekessel hatte auf alles die passende Antwort.

»Da stehe ich und glänze, und keiner braucht mich«, scherzte der Samowar am nächsten Tag.

»Was hast du davon, daß du glänzt«, rief der Teekessel. »Ich glänze nicht, und doch habe ich Achtung vor mir. Du hast Konzerte gegeben, als das Wetter gut war, und ich habe gearbeitet wie der Kochkessel einer Kompanie, von morgens bis abends. Ja sogar nachts, wenn jemand krank war. Und wenn es geregnet hat und du nicht mehr gesungen hast, mußte ich sowieso allein schuften. Und merke dir, mich hat keiner gelobt, an mir haben sie sich einfach gewärmt, ohne mich wäre ihr Leben trostlos gewesen. Du aber hast dagestanden und schöngetan.«

»Nicht doch, ich habe nicht schöngetan, sie waren es, die mich blank gerieben und verwöhnt haben«, stöhnte der Samowar.

»Siehst du«, antwortete der Teekessel, »dich haben sie verwöhnt und mich nicht. Nun hast du alles verloren, ich aber lebe wie immer, ohne daß mich jemand verwöhnt, und habe sogar meine Ruhe. Mein Bauch drückt nicht, ich koche nicht inwendig, mir ist leicht und frei zumute! Mir geht's gut!«

»Aber in mir sitzen die ungesungenen Lieder«, gestand der Samowar leise, »ich könnte viel Freude bringen. Doch jetzt braucht mich niemand mehr. Außerdem liegt meine Mütze auf dem Fußboden. Es bringt mich förmlich um, wie grausam sie mit mir umgegangen sind. Sie haben absichtlich meine Mütze erniedrigt! Dabei habe ich ihnen alles gegeben, ich habe buchstäblich für sie gelebt!«

»Als ob sie deine Mütze kümmert, du Idiot. Sie hatten es einfach eilig«, sagte der Teekessel.

»Wenn ich elektrisch wäre so wie du...«, seufzte der Samowar, »dann hätten sie mich nicht im Stich gelassen.«

Der Teekessel lachte: »Was bist du doch für ein Idiot. Mich haben sie doch auch hiergelassen!«

»Tatsächlich«, wunderte sich der einfältige Samowar. »Daran habe ich noch gar nicht gedacht: du bist immerhin bescheiden, arbeitsam, immer bereit und dazu noch elektrisch, du könntest ihnen auch in der Stadt von Nutzen sein! Warum haben sie dich nicht mitgenommen? Wie grausam sie sind, wie herzlos.«

»Bist du blöd«, wandte der Teekessel ein. »Bist du blöd, ich bin ein Arbeitsknochen, wohin man mich stellt, dort schufte ich. Jemand muß ja auch hier die Drecksarbeit machen. In der Stadt ackert mein Bruder und auf dem Lande ich. Dafür habe ich Winterferien, da kann ich mich ausschlafen, und ich werde lange leben, mein Bruder in der Stadt aber hat es schwer, ich beneide ihn nicht: Krach, Gestank, Hektik.«

»Nein, wieso hat es dein Bruder schwer?« rief der Samowar. »Es ist so ein Glück, den Menschen Tee schenken und singen zu können, auf dem Tisch zu stehen und Lobreden zu hören.«

»Uns Teekessel lobt niemand, bist du blöd?« erscholl es zur Antwort. »Wir werden nicht auf den Tisch gestellt, wir stehen abseits auf einem Untersetzer. Und wir schenken keinem was, wir arbeiten, geht das nicht in deinen Dickschädel?«

So redete der Teekessel und schlief allmählich ein.

Der Samowar jedoch konnte und konnte sich nicht beruhigen.

Indes kam der Herbst, kam der Dauerregen, und alle Fenster im verlassenen Haus weinten.

Das Dach hielt es nicht aus und fing ebenfalls zu weinen an.

Kurz, die Nässe begann durch die Decke zu dringen, ein Tropfen fiel direkt in den deckellosen Samowar.

»So«, sagte der Samowar, »ich sammle Wasser, bis zur Nase, dann kann ich endlich heulen.«

»Wieder so ein Unsinn«, widersprach der Teekessel, »wenn deine Nase weint, dann ist sie undicht, und sie werfen dich dorthin, wo sie meinen Onkel Teekessel hingeworfen haben!«

»Wer wird mich wegwerfen?« rief der Samowar. »Man hat uns verlassen, für immer vergessen!«

»Du dummer Dickwanst«, sagte der Teekessel. »Sie kommen doch im Mai wieder! Und dann wirst du ein Loch in der Nase haben! Kapierst du nicht?«

»Was heißt, sie kommen im Mai wieder?« fragte der Samowar aufgeregt. »Verstehe ich nicht. Kommen sie etwa wieder angefahren?«

»Ja«, entgegnete der Teekessel.

»Und füllen uns wieder mit Wasser?«

»Ja«, entgegnete der Teekessel.

»Und dann werden wir wieder singen?«

»Na ja«, entgegnete der Teekessel.

»Aha«, sagte der Samowar. »Aha«, sagte er. »Achtung, mein Dienst beginnt.«

Er sagte das nicht zufällig, denn es regnete wieder, und vom Dach tropfte und tropfte es, und der Samowar fing das Wasser gewissenhaft auf.

Der Schnee ging vorüber, die Tauwasser gingen vorüber, der Samowar war bis zum Rand gefüllt, wurde grün und hatte von der Feuchtigkeit Flecken bekommen, aber er gab nicht auf, er bekam keine Löcher. Da heulte plötzlich der Motor und kam immer näher, der Schlüssel im Schlüsselloch knirschte, und als erste stürmten die Kinder ins Haus.

Augenblicklich waren die Fenster und Fußböden geputzt, die Sonne spiegelte sich in den sauberen Scheiben, der Teekessel arbeitete mit Volldampf, der Samowardeckel wurde auf seinen Platz zurückgelegt, aber in den Samowar selbst schaute keiner, er stand bescheiden da und bewahrte in seinem Herzen das rostige, faulige Wasser vom Dach.

Hin und wieder sagte jemand, man müsse endlich den Samowar schrubben, doch das war auch alles.

Der Samowar jedoch beschwerte sich nicht, nicht einmal als der hämische Teekessel zu ihm sagte: »Na, du Prachtkerl, willst du uns kein Lied singen?«

Bis es anfing zu regnen.

Da konnte sich der Samowar nicht mehr beherrschen und fing an zu weinen, das Wasser floß über seine Wangen, seinen Bauch, seine Beine direkt auf den Fußboden.

Unter Tränen rief er: »Sieht denn keiner, daß im Dach ein Loch ist? Warum kommt keinem der Gedanke, mich vom Wandbord zu nehmen? Jetzt habe ich sicher ein Loch, wie das Dach. Ich weine, ich komme nun für immer zum Onkel Teekessel, aber ich habe Achtung vor mir und will mich nicht beschweren, lebt wohl, lebt wohl, es ist Zeit.«

Und er weinte hemmungslos.

Da sahen alle, was passiert war, kamen angerannt, fuchtelten mit den Armen herum, jemand kletterte auf den Dachboden, um unter das Loch einen Eimer zu stellen, und erst dann wurde der Samowar vom Wandbord genommen. Und erst als das Wasser aus ihm herausschwappte, stellten sie fest, daß er voll war.

Zuerst schrien sie einander an, wer sei nur diese Trantüte gewesen, die das Wasser im Samowar gelassen hatte, den ganzen Winter über, er sei jetzt überhaupt nicht mehr zu gebrauchen, jetzt könne man ihn gleich wegwerfen.

Der Samowar stand in einer großen Pfütze auf dem Fußboden, schmutzig, fleckig, dickbauchig, mit Grünspan bedeckt, klein und unansehnlich, und dachte bei sich: Sie haben mich nicht verstanden! Sie begreifen nicht, warum ich voll Wasser war! Sie wissen nicht, daß ich das Haus vor der Nässe gerettet habe! Unwichtig! Sollen sie mich doch auf den Müll werfen, halb so schlimm. Dort ist Onkel Teekessel, und er lebt ja auch irgendwie weiter, warum soll es mir anders ergehen. Hauptsache, ich verliere nicht meine Selbstachtung! Mir wird es überall gut gehen, wenn ich mich nur selbst achte.

So stand er in aller Ruhe auf dem Fußboden und hoffte auf nichts mehr.

Der Teekessel aber kochte und pfiff aus vollem Hals: »Der Samowar hat wie der Kochkessel einer Kompanie für euch geschuftet, für euch, faßt euch doch mal an den Kopf! Den ganzen Winter über hat er das Haus gerettet!« Aber der Teekessel wurde einfach ausgeschaltet.

Doch dann kam der Klügste auf die Idee, das restliche Wasser aus dem Samowar zu gießen und ihn mit Sand blank zu reiben, worauf der Samowar über und über strahlte. Worauf der Regen aufhörte, worauf die Kinder Tannenzapfen und Quellwasser holten und der Samowar im Garten unter einem klaren Abendhimmel sein bescheidenes Liedchen sang und glücklich war.

Das Interessante an der ganzen Geschichte aber ist, daß der von allen vergessene Teekessel ebenfalls glücklich war. Und keiner weiß, warum.

DIE DUMME PRINZESSIN

Es war einmal eine schöne, doch unglaublich dumme Prinzessin. Sie hieß Ira und begriff überhaupt nicht, daß man nicht überall alles sagen durfte.

Fanden sich zum Beispiel bei Papa und Mama im Palast Gäste ein, war die dumme Ira gleich zur Stelle und sagte: »Stimmt es, daß ihr alle Diebe seid?«

»Wer hat dir denn das gesagt, Töchterchen?« fragten die Gäste liebevoll.

»Na, Papa und Mama«, antwortete dann die dumme Ira.

Sogleich begann ein Krieg in den Zeitungen, Beziehungen wurden abgebrochen, es folgten Forderungen, alte Schulden zu begleichen usw. und so fort. Das Königreich war arm, die Einkünfte gering, 15 Leute Armee, davon 14 Generäle.

Urteilen Sie selbst: Was kann man unter solchen Umständen machen?

Der König und die Königin entschuldigten sich bei allen für ihre dumme Tochter und sagten, daß die Kinderfrau Ira fallen gelassen habe, als sie noch ganz klein war, usw. und so fort.

Mit einem Wort, man ließ Ira nicht mehr zu den Gästen, und sie mußte von nun an in der Küche essen.

Aber dort schnappte sie eine Menge Gerede auf und fragte

dummerweise die Königinmutter: »Stimmt es, daß Papa noch eine Mama hat?«
»Wer hat dir das erzählt?« fragte die Königin liebevoll.
Und Ira antwortete: »Eine Tante an der Straßenbahnhaltestelle.«
»Und wer hat dich zur Straßenbahnhaltestelle gebracht?« fragte die Königinmutter noch liebevoller.
»Niemand hat mich dorthin gebracht«, entgegnete die dumme Ira. »Unsere Köchin war dort und hat es gehört.«
Es erübrigt sich zu erwähnen, daß die Köchin nach langem Verhör entlassen und Papa nach einem noch längeren Verhör verziehen wurde, denn das Königspaar durfte sich nicht scheiden lassen, sonst hätten sie ja auf den Thron verzichten müssen, und das durften sie ebenfalls nicht, denn dann drohte als Thronfolgerin die dumme Ira, und man konnte das arme Volk schließlich nicht Ira und den 14 Generälen überlassen!
Nun durfte Ira nicht einmal mehr in die Küche. Das arme, dumme Mädchen kam ins leere Wächterhäuschen ganz am Ende des Schloßparks. Mit der Königspost erhielt sie Essen und Trinken, und alles seufzte erleichtert auf.
Aber neue Zwischenfälle ließen nicht lange auf sich warten: Ira hatte irgendwo einen kranken Hund gefunden, einen Welpen unbekannter Rasse, und die Königsküche kochte letztlich für das Wohl dieser Kreatur!
Der Hund wurde dem Mädchen auf der Stelle weggenommen und davongejagt, auf den Müllhaufen des Nachbarstaates.
Und was glauben Sie, was passierte?
Ira verweigerte nun gänzlich das Essen und ließ die Königspost nicht über die Schwelle.
Was tun? Der Senat trat zusammen und kam zu dem Ent-

schluß, der dummen Ira einen Königspudel zu kaufen, so sollte es geschehen.

Für diesen Kauf wurde das halbe Staatsvermögen ausgegeben, man stellte den Pudel vor Iras Tür.

Aber Ira setzte ihren Hungerstreik fort, so daß erneut ins Ausland gefahren werden mußte. Eine Delegation wurde losgeschickt, die für Ira zwischen verdorbenen Wurstresten und zerfetzten Kissen das Hündchen auf der ausländischen Müllhalde suchen sollte.

Die Delegation brachte der dummen, aber kapriziösen Prinzessin gleich drei Hunde zur Auswahl. Sie wurden gewaschen, getrocknet und parfümiert.

Ira nahm alle drei, aber auch den Pudel gab sie nicht wieder her. Frühstück, Mittagessen und Abendbrot fanden von nun an in lustiger Runde statt: Alle Vertrauten saßen auf dem Fußboden, mit Servietten um den Hals, und aßen von Tellern, so viel, wie sie wollten, auch die dumme Ira. Und kam jemand zu ihr, meist Papa und Mama, so mußte auch der sich wie ein Hund auf den Fußboden setzen, andernfalls wollte die dumme Ira mit keinem reden, und schließlich gab es dann und wann wichtige Staatsfragen zu besprechen, beispielsweise, in welche Schule man die Thronfolgerin schicken sollte.

In der ersten Schule sagte Ira zum Lehrer, er sei ein Dummkopf, wenn er die Kinder frage, was eins plus eins sei. Das müsse er doch selbst wissen!

Man ließ Ira in Ruhe, zumal sich die Bevölkerung in ihrem Wächterhäuschen vermehrt hatte. Fünf Welpen waren zur Welt gekommen, außerdem hatte Ira im Keller eine sehr dicke Katze gefunden und wartete neugierig, was wohl dabei rauskäme.

Das ging den Eltern über die Hutschnur, und sie beschlossen, ihre dumme Tochter in eine Tierarztschule zu geben, in die Ira bald gänzlich umzog, gemeinsam mit ihren Hunden, Welpen und der runden Katze, die in einem geflochtenen Korb getragen wurde.

Ira wurde also in der Tierarztschule abgegeben, und man hörte nichts mehr von ihr, bis sie groß war und selbst eine Tierklinik eröffnete.

Mutter und Vater, König und Königin, waren bereits betagte Leute, und es war an der Zeit, sich um einen Mann für die dumme Tochter zu kümmern, aber alle naheliegenden und sogar die fernen Bräutigame, Prinzen, Grafen, sogar Kaufleute, Unteroffiziere und Sergeanten, sogar Verkäufer, Fensterputzer und Fleischer, alle wußten sie von der Dummheit der Prinzessin Ira, und niemand wollte um ihre Hand anhalten. Du machst ihr einen Antrag, und das Resultat ist, daß sie irgendwas Hochnotpeinliches über dich ausplappert.

Außerdem ging das Gerücht, daß in ihrer Klinik jeder Besitzer eines kranken Tieres das Recht hatte, sich gemeinsam mit seinem Schützling einweisen zu lassen, so, wie man eine Mutter zu ihrem kranken Kind ins Zimmer legt, damit sie rund um die Uhr für ihren Liebling sorgen kann.

Alle möglichen Scharlatane, Taugenichtse und Parasiten nisteten sich in Iras Klinik ein. Sie schleppten irgendeine halbzerquetschte Wanze an und legten sich mit ihr für ein Jahr in ein Einzelzimmer.

Einer kam mit einer Schabe, der ein Barthaar fehlte, ein anderer mit etwas Ernsthafterem, nämlich einem Frosch mit Verdacht auf Wasser im Mittelohr, ein nächster wiederum beklagte sich über seine Feldmaus: Sie esse kein Fleisch, das sei das Ende, sicher habe sie die Pest.

Eines schönen Tages, als Ira, schon völlig außer Puste, ihre Sprechstunde abhielt, kam ein lahmer Esel mit seinem Herrn, der war finster und böse und nannte sich Peter, vom Esel sagte er, er heiße Bräutigam.
Peter fragte, ob man ihm den Esel Bräutigam innerhalb einer halben Stunde gesund machen könne, weil er dringend auf ihm Wasser transportieren müsse.
Ira sagte, das ginge nicht, Peter müsse im Gegenteil den Esel dringend in der Klinik lassen.
»Nein«, widersprach der finstere und böse Herr, »dann erschieße ich ihn, ziehe ihm die Haut ab, verkaufe sie, und aus dem Fleisch mache ich Salami und verkaufe sie ebenfalls. Und aus dem Schwanz flechte ich Quasten für eine Kappe, und aus den Hufen und Knochen mache ich Sülze! Damit verdiene ich insgesamt zwei Goldmünzen!«
Das erklärte der finstere und böse Peter.
Die dumme Ira schlug daraufhin vor, sie würde, wenn der Herr es wolle, ihm den Esel für diese zwei Goldmünzen abkaufen.
Der böse Peter aber war damit nicht einverstanden und forderte von Ira für den lebendigen Esel zweitausend Goldmünzen.
Ira ging weg und kam mit Edelsteinen zurück.
Sie sagte, die kosteten weit mehr als zweitausend, sie habe aber jetzt keine Zeit, zum Juwelier zu gehen, der verehrte Peter solle diese Edelsteine verkaufen, das Restgeld solle er bei Gelegenheit vorbeibringen, sonst hätten die Tiere nichts mehr zu fressen.
Der erboste Peter nahm die Schätze nicht und sagte: »Du bist wirklich blöd! Mir wurde gesagt, daß du dumm bist, aber ich habe es nicht geglaubt! Bei mir zu Hause hängt ein Foto von

dir, ich habe es mir angeschaut und gedacht: Das kann gar nicht stimmen, so ein Mädchen muß einen hellen Kopf haben! Aber jetzt sehe ich, du bist wirklich dumm wie ein Flaschenkorken! Du glaubst allen! Ich habe den lahmen Esel für drei Kopeken gekriegt, er war schon auf dem Weg zum Schinder! Bei dir wohnen Spitzbuben mit ihren angeblich kranken Flöhen und Wanzen, und du ernährst sie alle!«

»Was verzehrt schon ein Insekt«, entgegnete die dumme Ira, »ein Tröpfchen Honig, ein Krümelchen Brot! Soll es mir darum leid tun? Und was verzehrt der Besitzer? Zumal einige von ihnen ihre kranken Tiere unter dem Hemd herumschleppen und sie mit ihrem eigenen Blut ernähren. So was tut nicht jeder! Sie opfern sich für ihre Tiere auf! Und das alles für drei Teller Suppe am Tag! Die Wäsche wasche ich mit der Maschine, Geschirr spüle ich abends, den Boden wische ich morgens, das Essen koche ich nachts, alles nach Plan. Und die Pferde und Hühner weiden von selbst.«

»Du bist so blöd!« schrie Peter wieder. »Sie betrügen dich doch alle! Und was, wenn du Königin wirst? Dann wirst du einen x-beliebigen Hochstapler heiraten, bloß weil er dir ein Märchen von seiner Liebe zu den Schaben erzählt, und du glaubst es auch noch! Nein. Das gefällt mir nicht. Auf dich muß man aufpassen. Ich werde Wächter bei dir, basta!«

Und Peter machte umgehend Ordnung in der Klinik, er entließ alle Spinnen, Kröten, Mäuse, Schaben und Mücken aus dem Krankenhaus und erklärte, sie seien faktisch gesund.

Was die Besitzer dieser Patienten anging, so gab er einem von ihnen, der widersprach und seine geliebte Wanze an die Brust drückte, eine Kopfnuß, die anderen begriffen alles von selbst und machten sich schwankend davon, wahrscheinlich vor Kummer.

Einige sangen dabei laut traurige Lieder.

Die Prinzessin hatte von nun an ein leichtes Leben, sie schlief nachts, tags arbeitete sie nur von früh bis mittags, wie alle Ärzte. Mehr noch, Peter nahm jetzt von jedem Besitzer Geld für die Behandlung des Tieres, und in kurzer Zeit wurde die Klinik reich. Allerdings ging Ira sogleich in die Stadt und kaufte beim Bürgermeister für alles Geld einen ganzen Haufen streunender Hunde.

All diese Prachtkerle wurden ihr am folgenden Tag in einem Hundeauto geliefert. Eine ganze Woche lang wuschen Ira und Peter die Neuzugänge, bürsteten und versorgten sie und ließen sie in den Park.

Ungeachtet der Tatsache, daß diese Hunde Straßenköter waren, bewachten sie sehr eifrig das Gelände, das heißt, sie fraßen ihr Brot nicht umsonst. Sie verhinderten, daß die Leute Bäume im Park fällten, Blumen abschnitten zum Verkauf und Sträucher ausgruben, die ihnen besonders gefielen.

Vom ständigen Personal lebten in der Klinik jetzt nur noch die Hunde, die miauenden Mäusefänger und der ehemals lahme Esel Bräutigam. Er war genesen und trug das Gras, das Peter für die gehörnten Patienten der Klinik mähte.

So dürfen wir uns nicht wundern, daß Ira, als der alte König mit der Königin wieder einmal zu Besuch kam und sie überreden wollte, sich mit den Bräutigamen zu treffen (es fanden sich immer wieder Dummköpfe, die man mit Hilfe des Fotos von dem hübschen Mädchen überreden konnte), sagte: »Ich habe schon einen Bräutigam!«

»Wo?« fragten die Eltern erstaunt.

»Ich zeige ihn euch«, sagte stolz die dumme Prinzessin und führte den König und die Königin auf die Wiese, wo Peter gerade den Esel Bräutigam mit Gras belud.

»Macht euch bekannt, das ist der Bräutigam«, sagte die strahlende Ira und ging.

Der König und die Königin traten zu Peter, fanden heraus, daß er väterlicherseits ein Herzog war und von Onkelseiten ein Marquis, freuten sich und verließen die Klinik höchst zufrieden in Begleitung der wild bellenden Hunde. Und sie beschlossen, die Hochzeit auf den nächsten Morgen festzusetzen, um die Sache nicht unnötig aufzuschieben. Man weiß ja nie.

Am selben Abend noch kam der Schneider zu Ira und brachte ihr ein weißes Hochzeitskleid, einen weißen Hut und Handschuhe, dazu noch Schuhe, einen Schleier und einen Blumenstrauß. Peter bekam einen weißen Frack und ein weißes Hemd mit weißer Fliege. Die dumme Ira lachte den ganzen Abend, als sie neben Peter saß. Sie ergötzte sich daran, wie raffiniert sie ihre Eltern übers Ohr gehauen hatte.

Am nächsten Morgen ging Ira, die immer noch Tränen lachte, mit dem Esel Bräutigam ins Bürgermeisteramt zum Heiraten. Peter lief neben seinem Esel her, wie immer sehr ernst, im weißen Frack.

Als das Buch gebracht wurde und sie sich eintragen sollten, schrieb Ira ihren Namen hinein, der Esel Bräutigam allerdings konnte das nicht, sosehr sie auch auf ihn einredete.

Da sagte Ira, Peter solle den Esel ins Buch eintragen.

Peter schrieb den Namen ins Buch, alle tranken Champagner, die Menschen aus Sektgläsern, der Esel aus dem Kübel.

Dann überreichte die Prinzessin Ira dem Esel den Blumenstrauß, und der verschlang ihn auf der Stelle. Papa und Mama beglückwünschten Ira und küßten ihre Tochter und Peter.

Da lachte die dumme Ira aus vollem Halse: »Mama und Papa, mein Mann ist doch der Esel! Ihn müßt ihr küssen!«

Und Mama und Papa, die schon einiges gewohnt waren, riefen: »Wie die Frau, so der Mann!«
Und gingen.
Der ernste Peter sagte zu Ira: »Du bist so ein Dummerchen! Dich kann man betrügen wie ein kleines Kind! Nur gut, daß ich es war, der dich betrogen hat und nicht irgendein Spitzbube! Wie gut, daß ich dich schon seit langem liebe und keinem anderen gebe!«
Die dumme Prinzessin Ira sagte verwundert: »Du bist mein Mann? Und was ist mit Bräutigam?«
»Bräutigam ist Bräutigam geblieben, der Esel ein Esel. Dein Mann bin ich!«
Ira fand sich schnell damit ab, buchstäblich innerhalb einer Minute.
Sie sagte: »Ich hatte keine Hoffnung, daß du mich lieb hast, und aus lauter Verzweiflung habe ich beschlossen, deinen Esel zu heiraten.«
So kommt unsere Geschichte zu ihrem glücklichen Ende, wie es sich für ein Märchen gehört.

DER PRINZ MIT DEM GOLDENEN HAAR

Es war einmal ein Prinz mit goldenem Haar, das heißt, auf die Welt kam er mit Glatze, wie die meisten Kinder, und niemand wußte, daß er zum ersten Geburtstag goldene Locken kriegen würde.

Als die goldenen Locken sprossen, war die Königsfamilie beleidigt: Woher bloß hatte der Junge diese rötlich schimmernden Haare?

Alle königlichen Chroniken, alle Porträts der Herrscherfamilie väterlicherseits wurden studiert. Die Mutter wurde nicht in Betracht gezogen, die Mutter, die junge Königin, kam aus einem fernen, verarmten Land hinter sieben Bergen und sieben Meeren, von dort wurde nicht einmal Post empfangen, die Königin aber war wie üblich geholt worden, weil sie auf dem Foto das schönste Mädchen der Welt war, was im Endeffekt nichts Gutes einbrachte, das hatten die Damen des Königreiches gleich prophezeit: Ernte lieber die Früchte im eigenen Garten.

Kurz, es gab keine Rothaarigen in der Familie, rothaarig war nur der königliche Kurier, der der jungen Königin einmal ein halbes Kilo Apfelsinen als Geschenk von ihrem Mann aus dem Krieg – eine Trophäe – überbracht hatte.

Der Kurier blieb einen Tag und eine Nacht am Hof, dann zog

er wieder aufs Feld und trug ein Antwortgeschenk der Frau bei sich – eine Geldbörse, geflochten aus ihren eigenen Locken.
Dieser rothaarige Kurier kehrte nicht aus dem Krieg heim, vielleicht wurde er erschlagen oder sonst etwas, der König jedoch zog glücklich vom Schlachtfeld nach Hause zurück, sehr bald nach den Apfelsinen, und sein Söhnchen wurde sozusagen zur rechten Zeit geboren. Und nun, als der Junge genau ein Jahr war und zu seinem Geburtstag den Gästen gezeigt wurde, stellte sich heraus, daß der Kronprinz rothaarig war wie jener königliche Kurier.
Niemand versuchte, die Sache zu vertuschen, die Hofdamen sagten das Ihre, einen schwarzen Rüden könne man nicht weiß waschen, und ein neuer Kurier, diesmal kahlköpfig, wurde zur jungen Königin geschickt, um ihr ein Dokument mit Stempel vorzulesen.
Die Königin stillte gerade den Thronfolger und war so beschäftigt, daß sie nichts begriff, aber sie wurde zusammen mit ihrem Milchbart aus dem Palast und aus der Stadt geworfen. Sie könnte von Glück reden, daß man sie nicht hingerichtet hat, sagten die Damen.
Der König war nirgendwo zu sehen, und so ging die junge Königin durchs Stadttor, immer der Nase nach, das heißt in Richtung Berge. Dort, hinter den Bergen, lag das Meer und hinter dem Meer die Stadt N., wo die uralten Eltern der Vertriebenen lebten, der König und die Königin.
Die Nacht senkte sich herab, und in der Dämmerung leuchteten die Haare des kleinen Königs wie pures Gold. Die Königin trug ihr Kindchen bei diesem schwachen Lichtschein immer höher in die Berge hinauf.
Als sie müde war, fand sich eine Höhle, in der trockenes Stroh lag, und dort schliefen Mutter und Sohn ein.

Nachts träumte sie wundersame Dinge: Eichhörnchen hüpften an ihr vorbei oder Hasen. Aber sie war so müde, daß sie ihre Augen nicht öffnen konnte, und als sie morgens ihrem Sohn die Haare kämmte, entdeckte sie, daß dem Prinzen eine Locke abgeschnitten worden war, noch dazu sehr grob, mit einem Messer.

Die Königin – sie war mit ihren siebzehn Jahren ein kluges Mädchen – kapierte sehr schnell, was los war, und sagte laut: »Wenn Sie meinem Sohn schon drei Gramm Gold abschneiden, dann geben Sie uns wenigstens was zu essen!«

In derselben Sekunde fiel ein Stein aus der Wand, und in dem entstandenen Loch erschien ein winziges Schälchen mit heißer Erbsensuppe und einem winzigen Löffelchen.

Die Königin bedankte sich bei den Höhlenbewohnern für die heiße Suppe, aß alles auf, stillte den Sohn und machte sich mit dem Kind über den Gebirgspaß zum Meer auf.

Sie legte sich nicht mehr in Höhlen, zog den Schlaf bei Tage vor, des Nachts wanderte sie beim Schein der goldenen Haare ihres Jungen.

Sie hatte Angst, die geheimnisvollen Bergbewohner könnten ihr Kind für ein Schüsselchen Suppe kahlrasieren.

Die Königin ernährte sich von Beeren und wilden Birnen, die zuhauf am Wegesrand wuchsen.

Es war bereits Abend, als sie schließlich ans Meer gelangten.

Die Königin setzte sich ans Ufer und sah mit dem Prinzen hinaus aufs blaue Wasser und lauschte dem Rauschen der Wellen.

Sie erzählte ihrem Sohn, daß dort, am anderen Ufer, Großmutter und Großvater auf sie warteten. Das goldene Haar des Jungen leuchtete über und über, je näher die Nacht rückte, desto prächtiger.

Dieses Licht zog einen Fischer in seinem Boot an.
Der Fischer schaute mit großen Augen auf den kleinen leuchtenden Jungen und begriff gar nichts.
Er fragte die Königin, woher sie käme, und die Königin antwortete, sie warte auf ein Schiff, das sie in die Stadt N. bringe.
Der Fischer bot ihr an, sie mit seinem Boot zur nächsten Stadt A. zu fahren, wo es immerhin eine Anlegestelle gebe, dort könne sie gewiß ein Schiff finden. Wenn sie aber hier sitzenbleibe, so könne sie warten, bis sie schwarz werde.
Die Königin willigte ein, der Fischer ruderte zwei Stunden, wobei er unablässig auf das Kind schaute, und gegen Mitternacht führte er beim Schein der goldenen Haare Mutter und Sohn in seine Kate und bereitete ihnen auf einem Teppich in der Ecke ein Lager.
Bei Morgengrauen rannte der Fischer aus dem Haus, trommelte an die Tür des Polizeireviers und schrie, er habe ein Kind mit einem Schein auf dem Kopf gefunden und man müsse es sofort mit der Mutter verhaften, sonst käme es wie beim letzten Mal, daß das Volk einen Aufstand macht und glaubt, das Jüngste Gericht sei angebrochen und alle bekämen jetzt ihre gerechte Strafe.
Der Fischer wußte, wovon er sprach, denn einmal hatte ein Fremder sich Flügel an den Rücken geklebt und war auf den Turm geklettert, um zu fliegen. Die Bewohner der Stadt hatten ihn für einen Engel gehalten, der das Jüngste Gericht verkündet, und laut die Richter, Polizisten und Mitglieder des königlichen Rates beschimpft, ohne das eigentliche Ereignis abzuwarten. Dann waren sie weinend zu Kreuze gekrochen.
Der Fischer war unter den Aufständischen gewesen und hatte

zwei Jahre Zwangsarbeit bekommen, wo er sich umerziehen ließ, denn man hatte ihm versprochen, ihn beim nächsten Mal lebendig aufzuknüpfen.

So hatte er ein Versprechen unterschrieben, sofort zum Polizeirevier zu laufen, sobald wieder Flügel in Sicht waren, was er nun auch tat.

Indessen sah die Mutter des Fischers, die nichts von seinem nächtlichen Abenteuer ahnte – der Fischer hatte seiner Mama nichts erzählt, da er ihre schwatzhafte Zunge kannte –, am nächsten Morgen ein sehr hübsches Mädchen mit einem rothaarigen kleinen Jungen sich in einem Faß auf dem Hof waschen und jagte beide aus dem Haus, denn sie wollte nicht, daß ihr Sohn ein Weib mit Kind heiratet – man weiß doch, daß ein fremder Sohn zum Banditen heranwachsen kann, solche Fälle hat es immer wieder gegeben.

Kurz, die Königin gelangte am frühen Morgen mit dem Prinzen zum Meeresufer und suchte dort Schutz unter einem Felsen. Den ganzen Tag schliefen oder badeten sie oder spielten im Sand und suchten Muscheln. Zu essen fanden sie nichts, trotzdem leuchtete am Abend das Kind mit neuer Kraft. Die Mutter versteckte es unterm Felsen, damit es vom Ufer aus nicht zu sehen war.

Aber vom Meer kam eine Schaluppe mit Matrosen zu ihnen wie zu einem Leuchtturm gefahren, und ein kecker Kapitän mit Schirmmütze trat zum Felsen.

Er erkundigte sich, worauf die lieben Menschen warteten, hörte, sie wollten in die Stadt N. und bot ihnen seine Dienste an, das heißt sein Schiff.

Der Kapitän wußte natürlich schon, daß man in der Stadt nach dem Richter in Gestalt eines Kindes suchte, das ein überirdisches Licht ausstrahlte.

Die Polizei, die Armee, die Luft- und die Seeflotte waren alarmiert worden, und der Kapitän war derjenige, der persönlich die Suche auf dem Meer leitete.

Als der Kapitän aber den Kleinen mit seiner Mutter sah, beschloß er, sich ihrer zu erbarmen und sie vorerst nicht auszuliefern. Die Menschen sind weit vernünftiger, als wir glauben, vor allem, wenn es um Geld geht.

Der Kapitän lud die wertvollen Passagiere in seine Schaluppe und riet der Mutter, vorsichtshalber den Kopf des Kindes zu bedecken, wobei er an die Schwatzhaftigkeit seiner Matrosen dachte.

Dann wurden die Passagiere in eine noble Kajüte verfrachtet, vor die Kajüte wurde ein Matrose mit Maschinenpistole gestellt, ein Diener kam mit warmem Essen, und nach einer kurzen Überfahrt gelangte das Schiff in die benachbarte Stadt B.

Hier ging der Kapitän mit Marinedolch und Orden zu Verhandlungsgesprächen in den Wanderzirkus »Chapiteau«, der unverzüglich einen Lastwagen mit Plane für den Transport von Tigern schickte, ausgerüstet mit einem eisernen Käfig.

Spät am Abend wurden die Mutter und ihr Rothaariger, der in Piratenmanier ein Tuch um den Kopf hatte, unter der Bewachung von bis an die Zähne bewaffneten Matrosen über das Fallreep in den Laster getragen und dort eingeschlossen.

Die Königin begriff gar nichts, aber in der Dunkelheit leuchtete der Prinz wie gewohnt und erhellte alles ringsum. So fand die Königin in der Ecke Stroh und eine große Schüssel mit Wasser, ein Geruch jedoch herrschte wie in einem Schweinestall.

Die Königin setzte sich mit dem Kindchen aufs Stroh, der Laster fuhr los, und ein wildes Leben begann.

Sohn und Mutter wurden mit ihrem Käfig im Elefantenhaus untergebracht, zweimal am Tag stellte man ihnen eine Schüssel mit heißer Suppe hin. Abends wurde ein zweiter Käfig gebracht, der wie ein kleiner Wagen aussah, über die Königin wurde ein weißes Laken geworfen, das ihre Lumpen verdeckte, das Kind aber mußte sie im Gegenteil nackt ausziehen – und in dieser Aufmachung wurden beide in dem rollenden Wagen direkt ins Zirkuszelt gebracht, in die Manege, wo die Musikanten so etwas wie eine Messe spielten. Der Königin wurde flüsternd befohlen, aufzustehen und den Zuschauern das nackte Kind zu zeigen, dann verlosch das Licht, und der rothaarige Prinz begann wie gewohnt sein Licht auszustrahlen, mit dem Schein seiner Locken beleuchtete er die Mutter und einen Teil des Wagens, und viele Menschen aus dem Publikum weinten und drückten ihre Kinder an sich.

Dann wurden die beiden bis zum nächsten Abend wieder in den Käfig gebracht, und die Königin tat alles, was man ihr befahl. Sie begriff, daß man, falls sie sich widersetzte, einfach eine andere Mutter nehmen würde.

Das Essen, das man ihr gab, war entsetzlich, dasselbe, womit man die Affen im Nachbarkäfig fütterte, wenn auch besser als das, was der Elefant bekam.

Die Königin zwang sich, diese in Wasser eingeweichten Kartoffelschalen und die heißen Kohlblätter zu essen, denn sie mußte den Prinzen stillen und stark bleiben.

Das Kind freundete sich übrigens mit allen an, mit den Affen, den Papageien, sogar mit dem Elefanten in der Ecke, und nachts ging es im Haus immer fröhlich zu – dank des schwachen Lichts, das von den Haaren des Kindes ausging, sahen die Tiere und Vögel gesund und wohlgenährt aus.

Genauso schön sahen sie auch in der Manege aus, und der Zirkus zog immer mehr Besucher an.
Indes war es Zeit für den Zirkus, die Stadt zu verlassen, denn die Geschichte mit dem leuchtenden Jungen hatte sich überall herumgesprochen, und ins Zelt strömten ungebetene Besucher – sie machten sich nichts aus den Tänzen der Affen und den Späßen der Clowns, lachten nicht, kauften kein Eis, die Idioten klatschten nicht Beifall, sondern warteten nur auf den Moment, in dem der Wagen mit Mutter und Kind herausfahren würde.
Dann begannen sie leise zu singen und zu weinen. Und was das heißt, wenn tausend Leute leise singen und heulen... Da können einem die Haare zu Berge stehen.
Es bildeten sich Prozessionsgruppen, die versuchten, auf Knien in die Manege zu kriechen.
Außerdem wurde das Elefantenhaus belagert, und von überall her wurden Kranke mit dem Ruf »Segne uns!« angeschleppt.
Die Polizei stellte einen Posten auf, der schnell reich wurde, da er einigen erlaubte, die schmutzigen Bretter des Elefantenhauses zu küssen.
Als der Zirkus die Stadt verließ, wurden Blauhelme mit Maschinenpistolen und Panzerwagen eingesetzt.
Der Zirkusdirektor und der Kapitän besuchten persönlich das Elefantenhaus und fragten die Mama des rothaarigen Kindes, in welche Städte sie zu fahren wünschte außer A. und B. Und ob sie nicht irgendwo Bekannte und Verwandte hätte, die ihr helfen könnten.
Die Königin durchschaute den Trick und führte das Gespräch wie eine echte Partisanin.
Sie erzählte bereitwillig, daß hinter der Stadt ihre Heimat an-

fange und in den Städten C. und D. und immer weiter im Alphabet Bekannte und Freunde lebten, Verwandte sogar überall, nur in der Stadt N. sei niemand mehr übriggeblieben, dort gäbe es nur Gräber, die sie gern besuchen möchte, die vom Großvater und von der Großmutter.
Der Zirkus würde, allein schon durch ihre Bekannten, voll von Zuschauern sein, die Einnahmen würden ins Unermeßliche steigen. Aber für die Stadt N. könne sie das nicht garantieren.
Hier nickten Zirkusdirektor und Kapitän zu gleicher Zeit listig, obwohl sie einander nicht ansahen, als wäre ihnen ein und derselbe Gedanke gekommen.
Einige Tage später brach der Zirkus bei Morgengrauen auf und ließ Wallfahrer mit Schultersäcken, zertrampelte Erde, Gräben und Berge von Mull zurück. Unter dem Schutz der Blauhelme wurden die Käfige mit den Tieren und die Wohnwagen mit den Artisten auf das Schiff verladen, um auf direktem Weg in die Stadt N. zu fahren.
Die Königin wurde in einem auf die Schnelle zusammengezimmerten kleinen Elefantenhaus untergebracht, doch als das Schiff anlegte, wußte sie, daß sie in ihrer Heimatstadt war, denn als man sie über das Fallreep ans Ufer trug, konnte sie trotz des weißen Lakens überm Kopf den Strand mit den bunten Steinen erspähen – Achate, Amethyste und schwarzer Bernstein. Solch einen Strand gab es nur in ihrer geliebten Heimatstadt N.
Hier lebten ihre Eltern, das Königspaar der Stadt N., die viele Tränen vergossen hatten, als der König von Übersee mit einem Krieg und der Vernichtung ihres blühenden Staates drohte, falls sie seinem Sohn nicht ihre Tochter zur Frau geben wollten, denn es hieß, sie sei das schönste Mädchen auf

dem Erdball. Und womit befassen sich Könige für gewöhnlich? Sie wollen ihr Geschlecht verbessern, offenbar in dem Streben, eine besondere Gattung der schönsten, klügsten, begabtesten Kinder zu züchten. Aus Gründen der Gerechtigkeit sei hier allerdings gesagt, daß die gesamte Menschheit danach strebt. Alle Familien hoffen auf die Züchtung einer besonders wertvollen Gattung von Kindern.

Unsere gefangene Schöne saß also mit Lumpen bekleidet im Käfig und aß zweimal am Tag Kartoffelschalen und Suppe aus Kohlblättern.

Ihr Kind aber leuchtete sanft und sprach mit den Papageien und Affen in deren Sprache, womit es die Putzfrau belustigte, eine finstere und plumpe Frau. Sie lachte schon, wenn jemand hinfiel und eine Flasche zerschlug oder, was noch besser war, einen Korb mit Eiern, außerdem lachte sie über Dummköpfe, und für einen solchen hielt sie den kleinen Prinzen. »Na, kleiner Scheißer«, sagte sie zu ihm, »du bist ja der reinste Affe.«

Der gesamte Lohn der Putzfrau ging für Schnaps drauf, sie ernährte sich, indem sie sich vom Tierfutter immer die besten Stücke herauspickte und im Kessel überm Feuer kochte.

Sie knurrte und schimpfte ohne Pause, nur beim Anblick des kleinen Prinzen lachte sie und zeigte mit dem Finger auf ihn, manchmal gab sie ihm sogar eine Mohrrübe oder einen Rettich aus ihren Vorräten.

Zudem war der große Traum der Putzfrau, zum Tigerkäfig überzuwechseln, die Tiger-Putzfrau ging immer mit einer Tasche voll Fleisch nach Hause, so vermutete zumindest die Elefanten-Putzfrau.

Deshalb trudelte sie regelmäßig beim Zirkusdirektor ein und beschwerte sich bei ihm über die Klauerei der Tiger-Putzfrau, die ihrerseits auch nicht auf den Kopf gefallen war und die Sekretärin des Direktors umschmeichelte, und diese Sekretärin liebte ihre Kinder nicht weniger als andere Leute, und die wollten auch Fleisch, Fleisch und wieder Fleisch, wie die Raubtiere.

Die junge Königin aber beschloß, einen Rettungsplan aufzustellen. Sie begriff, daß sie in der Manege unter dem weißen Laken niemals erkannt werden würde, zumal der Zirkusdirektor jeden Abend befahl, ihr Gesicht ganz weiß zu pudern und ihre Brauen mit Ruß anzumalen. Deshalb hätte niemand auf der Welt, nicht einmal Vater und Mutter, in diesem weißen Geschöpf mit den riesigen schwarzen Brauen, das aussah wie ein Gespenst, die Prinzessin ausmachen können.

Sie konnte nur auf einen einzigen Menschen hoffen, auf die Putzfrau.

Eines Tages unterbreitete die Königin der Putzfrau einen Vorschlag: Sie könne so viel verdienen, daß es fürs ganze Leben reiche, das heißt einen Haufen Gold, wenn sie ihr einen Bleistift und einen Zettel bringe und den Brief dann in den Kasten werfe.

Die Putzfrau überlegte lange, fast wäre sie zum Zirkusdirektor gegangen, aber die Sekretärin ließ sie wie immer nicht vor, und da sagte sich die Putzfrau: Komme, was wolle.

Sie kaufte von ihrem eigenen Geld Papier, Bleistift und Umschlag, steckte alles durchs Gitter, und abends warf sie den Brief ein, verfluchte die ganze Welt, kochte sich eine Gemüsesuppe ohne Fleisch mit dem Vorgeschmack im Mund, daß der Direktor, die Sekretärin und die Tigerfrau nun bestraft werden würden.

Das Ergebnis war jedoch ein ganz anderes: Erstens drang die Königswache in den Zirkus ein, verhaftete die Königin und

ihren Sohn, warf beide in einen Laster mit der Aufschrift »Brot« und fuhr in unbekannter Richtung davon.
Zweitens wurde die Königin mit dem Kind anstatt in den Königspalast in den Gefängnisturm gebracht, in eine Zelle ohne Fenster.
Und drittens wurde die Putzfrau sofort entlassen: Gute Menschen werden bestraft, besonders wenn sie ihre Sache ohne Freude gemacht haben.
Der Gefängniswärter, dem die Königin und ihr Sohn zugefallen waren, brachte ihnen aus Faulheit erst am zweiten Tag zu essen, am ersten war es allerdings auch nicht gestattet, denn da standen die Gefangenen noch nicht auf der Verpflegungsliste.
Indes war der Wärter, als er, mit Taschenlampe und Eßgeschirr bewaffnet, in die Zelle kam, sehr erstaunt: In diesem Steinloch war es hell!
Nachdem der Wärter das Eßgeschirr mit Suppe auf den Boden gestellt hatte, starrte er das seltsame Paar unverwandt an. Daß das dünne, sogar durchsichtige Mädchen mit einem weißen Laken bedeckt war und wie ein Gespenst aussah, war ja noch zu verkraften, so was hatte er schon oft gesehen. Aber der Anblick des goldenen Kopfes erschütterte ihn, zumal er wie immer betrunken war.
»Regen Sie sich nicht auf«, sagte die Königin, »es ist ganz einfach, der Junge hat Haare aus reinem Gold. Falls Sie ein Messer bei sich haben, dann schneide ich ihnen zur Probe eine Locke ab, bringen Sie sie zum Juwelier, und Sie kriegen eine Menge Geld.«
Der Wächter, obgleich betrunken, ging nicht auf den Handel ein, dem kreidebleichen Mädchen sein Messer anzuvertrauen, und schnitt dem Kind eigenhändig, schief und grob eine

große Locke ab, steckte sie in die Tasche und ging schwankend davon, ohne zu vergessen, die Tür zu verriegeln.
Am Abend versoff er dann in einer Kneipe das ganze Geld, das er für das Gold bekommen hatte, und am nächsten Morgen ging er sehr böse zur Arbeit ins Gefängnis.
Er kam in die Zelle und schnitt dem Kind alle Locken ab, und da die Mutter schrie und weinte, schnitt er auch ihr den langen Zopf ab, warf ihn auf den Boden und ging fluchend weg.
Seine Flüche hörten sich so an: »Du glaubst wohl, dir bleibt zum Leben noch viel Zeit? Morgen wirst du hingerichtet. Zusammen mit deinem Sprößling. Unten, in der Löwengrube. Du glaubst wohl, du sitzt irrtürmlich hier? Nein! Mit deinem Fall sind wichtige Leute befaßt. Die Herzogin höchstpersönlich! Ihr Sohn ist der Neffe der Cousine des Königs, er ist der einzige Thronfolger, und dein Vater und deine Mutter sind krank, ein Tag in ihrem Leben ist wie ein Jahr, das bewirken die Pillen, unser Gefängnisarzt dreht sie für sie, ich weiß alles. Morgen werdet ihr beide hingerichtet, wozu soll das Gold umkommen? Ich bin ein armer Fernstudent, muß arbeiten wie ein Sklave, damit sie mich nicht exmatrikulieren. Habe nur eine Arbeitsstelle, und das in der heutigen Zeit, das muß man sich mal vorstellen! Verfluchtes Leben! Schreib nie einem König, der Brief wird sowieso von anderen gelesen!«
»Mensch, Student«, sagte die Königin, »bist du nicht ganz bei Troste? Du hast doch jetzt Gold fürs ganze Leben!«
»Jaja, den Jungen lasse ich auch nicht hinrichten, ich lege ihn bei mir im Keller an die Kette, an seiner Statt hole ich mir den erstbesten Jungen von der Straße, aus einem Kinderwagen, und gebe ihn für deinen aus! Als ob das ein Problem wäre«, entgegnete der Wächter.

»Das geht nicht«, sagte die Königin, »mein Sohn ernährt sich nur von Muttermilch, davon hat er auch die goldenen Haare. Kapierst du das nicht, du Holzklotz? Wir sind Könige!«

»Für den Holzklotz wirst du büßen«, entgegnete der Wächter, der schwankend in der Tür stand. »Es kommt die Zeit, wo ich selbst Königsrichter sein werde, ich studiere nämlich Jura. Daß ihr wichtige Vögel seid, das stimmt, an der ganzen Küste werden Gerüchte über euch verbreitet, es ist sogar ein Aufstand zu eurer Verteidigung geplant, im Namen des Volkes angeblich, doch dahinter steht genauso ein armer Student wie ich. Und vielleicht kommt dieser Eierkopf anstelle des Herzogsohns an die Macht. Wenn er siegt, wird man eure Knochen zusammen mit den Knochen der anderen Opfer aus der Löwengrube holen und ein Denkmal bauen...«

Der Wächter schwankte, ruderte mit den Armen, und plötzlich fiel ihm die Taschenlampe aus der Hand und verlosch.

Es wurde stockdunkel.

Der Junge leuchtete nur sehr schwach, wie ein weit entfernter und kleiner Stern in der Milchstraße.

Der Wächter tastete den Boden ab, brummte, legte sich hin und fing plötzlich laut zu schnarchen an.

Die Königinmutter schnappte ihr Kind, nahm sich zum Abschied eine Handvoll goldener Haare aus der Tasche des Wächters und ging den Korridor entlang. Niemand bemerkte sie, die Wächter lagen alle am Boden und schliefen. Wahrscheinlich war Feiertag, oder niemand fühlte sich zuständig.

Das Gefängnistor war weit geöffnet, und die Königin ging hinaus auf den Platz.

Es war tiefe Nacht.

Nur am Himmel stand ein kleiner, nicht sehr heller Stern und leuchtete wie ein Lämpchen am Ende eines hohen Krans.

Die Königin lief zum Meer.
Der Stern folgte ihr erwartungsgemäß. Sterne begleiten den Menschen immer in der Nacht, wohin er auch geht.
Unterwegs begegneten sie einer kleinen Prozession: Zwei Soldaten, stockbesoffen, führten einen Mann und eine Frau in Richtung Gefängnis.
Die Königin erkannte sie beim Licht des Sterns sofort: Es waren ihre Eltern. Sie sahen aus wie zwei Schatten, dünn und stumm, und hielten sich an den Händen.
Die Königin ging entschlossen auf die Soldaten zu und sagte: »Jungs, wollt ihr was trinken?«
Die Soldaten blieben verlegen stehen. Die Eltern zitterten.
»Ich sehe, ihr seid gute Jungs«, fuhr die Königin fort, »geht in die Kneipe, ich passe solange auf die beiden auf.«
»Und Geld?« fragte der eine heiser, und der andere hüstelte.
»Geld ist kein Problem«, entgegnete die Königin, »hier habt ihr pures Gold, geht.«
Und sie zog aus ihrem Ärmel eine goldene Locke.
Ringsum wurde es hell.
Oder der Stern war näher gekommen.
Die Soldaten wechselten Blicke, spuckten aus, nahmen das Gold und stolperten zur Kneipe.
»Mama und Papa«, sagte die Königin, »Mama und Papa, ich bin's, eure Tochter. Und das hier ist mein Söhnchen. Ich bin gekommen, euch zu holen. Laßt uns von hier weggehen.«
Natürlich gingen sie zum Meer, und der Stern folgte ihnen.
Vater und Mutter sagten kein Wort, ihre Augen waren weit geöffnet, aber sie liefen wie im Traum.
Am Meeresufer klopfte die Königin an die Tür einer Fischerkate, fragte, ob sie hier übernachten könnten, sie würde am Morgen bezahlen.

Eine gähnende Tante führte sie in die Scheune, zum Stroh.
Im Morgengrauen erwachte der Königssohn.
In der Scheune lagen die Schafe eng beieinander, stand eine Kuh, schnaubte ein Pferd und kaute Heu und rannten Hühner hin und her.
Der kleine Prinz sprach sie in der Sprache an, die er kannte, in der Sprache der Elefanten, Papageien und Affen, und alle Scheunenbewohner hörten auf zu kauen und antworteten mit einer tiefen Verbeugung.
Die junge Königin ließ den Sohn mit den Tieren reden, die Eltern schlafen (auch im Schlaf hielten sie sich bei den Händen) und rannte zum Geldwechsler, verkaufte ihm ein goldenes Haar für einen Haufen kleiner Münzen und besorgte Brot, Käse und Milch. Was für ein Glück, durch die Geschäfte zu laufen und zu wissen, daß der Sohn nicht allein war!
Noch nie war die Königin so frei wie an diesem Morgen, so glücklich. Überall blühten Rosen, das Meer rauschte, es war ihre Heimatstadt, Eltern und Sohn hatten ein Dach überm Kopf, auch wenn es eine Scheune war, immerhin kein Elefantenstall, kein Gefängnis und keine Höhle.
Die Königin hatte die Zeiten schon vergessen, als sie hundert Zimmer und fünfzig Diener besaß.
Als sie zu ihrem neuen Zufluchtsort zurückging, sah sie, daß die Leute ihr nachschauten, und sie begriff, daß sie bereits gesucht wurde und man sie sicher bald fangen würde.
Deshalb kaufte sie schnell noch einen Korb Tomaten, Eier und Äpfel, kehrte in die Scheune zurück, gab der Fischersfrau Kleingeld, sagte, sie erwarte stündlich einen Fischerkahn, der sie hole, und ging nicht mehr vom Hof.
Sie gab den Eltern zu essen, ließ sie vorsichtig von der Milch trinken, ihr Sohn saß vergnügt auf dem Schoß des Großvaters

und spielte mit seinem Bart, der ihm während des Krankenhausaufenthalts gewachsen war – Großvater und Großmutter sollten dort ja bald sterben, und deshalb hatte man ihnen weder Essen gebracht noch ein Handtuch, noch Rasierzeug für den König, noch einen Kamm für die Königin – nur Medikamente.

Indes kam es in der Stadt zu Unruhen. Die Parteien stritten sich um den Königspalast, das Gefängnis stand mal sperrangelweit auf, mal war es bis obenhin voll und verriegelt, und das Volk ging nicht zur Arbeit, sondern besorgte sich Waffen, marschierte betrunken durch die Straßen und verschoß seine Munition aus der Hüfte in alle Himmelsrichtungen.

Das erfuhr die Königin vom Fischer und von der Fischerin, die beide in Panik waren, denn überall krachte es, und in ihrem Häuschen hatte es bereits die Fensterscheiben herausgedrückt. Schließlich konnten ja auch welche kommen und ihnen alles wegnehmen – ihre Kuh und ihr Pferd!

Einmal kam die Fischersfrau noch griesgrämiger als sonst zur Königin und teilte ihr mit, in der Stadt glaube man, das Ende der Welt sei gekommen – Tag und Nacht scheine immer an ein und derselben Stelle ein Stern. Dazu werde er immer heller, als falle er vom Himmel herab.

Aus diesem Grunde waren alle sehr beunruhigt. Der Pfarrer war vor das Volk getreten und hatte die Predigt von Sodom und Gomorrha gelesen und prophezeit, daß alles Unrecht bestraft werde.

Die junge Königin und ihre Familie aber saßen immer noch im Stall oder auf dem Hof.

Langsam kamen die Eltern wieder zu sich, schwiegen aber immer noch und begriffen nicht, was mit ihnen geschah.

Eines schönen Abends kam die Fischersfrau heraus und erzählte, der Stern komme genau auf ihr Haus zu und versenge bald die Gebäude.

Deshalb bat die Fischerin ihre Einquartierung, auf Nimmerwiedersehen zu verschwinden, hier sei irgendwas ganz und gar nicht geheuer.

Die junge Königin führte ihre Eltern aus der Scheune, trug ihren Sohn hinaus und brachte die Familie zum Meeresufer, weit weg von der Stadt und den Menschen.

Sie vernahm Schreie.

Oben, auf dem Steilufer, stand eine kleine Menschengruppe und schaute zum Himmel.

Die Königin schaute ebenfalls hoch und erblickte direkt über sich einen kleinen hellen Stern.

Die Königin verließ die Stadt, und der Stern folgte ihr und leuchtete so hell, daß der Sand zu funkeln anfing und auf dem Meer eine Lichtstraße zu sehen war.

Oben, auf dem Steilufer, standen schweigend die Menschen.

Da leuchtete ein Schiff auf dem Meer, es blinkte mit all seinen Lichtern, eine Schaluppe wurde herabgelassen, und in der Schaluppe stand jemand, während die anderen ruderten.

Die unglückliche Königin erinnerte sich an den Kapitän mit der Schildmütze, sie hatte aber keine Kraft wegzulaufen. Wohin hätte sie auch fliehen sollen?

Und wissen Sie, wen die Schaluppe ans Ufer brachte?

Den jungen König, den Vater des rothaarigen Prinzen.

Der König nahm den Sohn sofort auf den Arm, kniete vor der jungen Königin nieder und sagte, ihm sei es gleich, ob der Junge rote oder grüne Haare habe, es sei sein Sohn und er gebe ihn keinem anderen.

Er erzählte, man habe ihn buchstäblich in seinem Zimmer eingesperrt, als die Entscheidungen fielen, und dann habe er seine Frau und seinen Sohn überall gesucht, bis er eines Tages einen Zauberer gefunden habe, der ihm helfen wollte.

Der Zauberer habe ihm gesagt, er könne das Königreich verlieren, aber er sei zu allem bereit gewesen. Und da habe der Zauberer den Stern von seinem Zauberstab genommen und ihn losgeschickt, die Königin suchen, und er selbst sei auf einem Schiff dem Stern hinterhergefahren, sagte der junge König.

»Möglicherweise bin ich längst kein Herrscher mehr und besitze gar nichts, nur dieses Schiff, aber verzeih mir! Deine Börse trage ich immer an meinem Herzen!«

So sprach der junge König, und die Königin verzieh ihm und küßte ihn auf die Wange.

In voller Besetzung stiegen sie in die Schaluppe, und die Stadt N. verschwand bald hinterm Horizont.

Müssen wir noch erzählen, daß die ganze Gesellschaft, als sie im Königreich ankam, natürlich nicht einmal anlegen durfte? Die Macht hatte schon längst gewechselt, neue junge Leute, dynamisch und in Lederjacken, herrschten nun, und der König und die Königin waren froh, wegfahren zu können, ohne daß sie jemand verhaftete.

Sie fuhren lange über die Meere und gründeten sogar ein eigenes kleines Königreich, in dem der einzige Herrscher der Prinz mit dem goldenen Haar war.

Sie verkauften einfach ihre Segelyacht und schafften sich eine Eigentumswohnung in einem grünen Stadtbezirk an. Die Krönung des neuen Machthabers fand im Kinderzimmer statt, die Krone bastelte der Großvater aus Pappe und beklebte sie mit Silberpapier.

Und das Silberpapier erstrahlte auf dem rotgoldenen Haar des kleinen Prinzen.

DAS FLAUMFEDERCHEN

Durch die Welt flog ein Flaumfederchen.
Es war ein Zauberflaumfederchen, es konnte alles zurückbringen, was verlorengegangen war.
Flaumfederchen flog durch die Welt und setzte sich einer Kuh auf den Kopf.
Das einzige, was diese Kuh in den letzten fünf Minuten verloren hatte, war ein Kuhfladen.
Dank Flaumfederchen fand die Kuh ihren Fladen wieder und trat mit dem Huf hinein, aber es brachte ihr nichts Gutes ein: Nicht alles, was wir verlieren, brauchen wir!
Das nächste Mal setzte sich Flaumfederchen einem Menschen auf den Kopf, der seinen Wohnungsschlüssel verloren hatte.
Der Mensch war bereits auf dem Weg, ein neues Schloß zu kaufen, denn der Notdienst hatte das alte Schloß kaputtgemacht und die Tür zerbrochen.
Als der Mann den Laden betrat, um das neue Schloß zu kaufen, fand er dank Flaumfederchen in seiner Geldbörse, aus der er das Geld holen wollte, den alten Schlüssel wieder und begann heftig zu fluchen.
Wieder war nichts Gutes dabei herausgekommen.
Flaumfederchen hob daraufhin vom Kopf des fluchenden Mannes ab und setzte sich eine Stunde später auf die Schulter

einer Alten, die vom Einkaufen kam, ihre Schuhe auszog und entdeckte, daß an einem Filzstiefel die Galosche fehlte.
Voller Wut warf die Alte die andere Galosche in den Müllschlucker und zog ihre guten Stiefel an.
Als sie in diesen Stiefeln aus dem Haus trat, entdeckte sie dank Flaumfederchen die alte Galosche mitten auf dem Hof, wo die Hunde sich um sie stritten, und die Alte, die ihnen energisch die fast heile Galosche entriß, weinte um die Galosche, die sie weggeworfen hatte.
Sie ging zur Putzfrau und wollte den Schlüssel für den Müllschlucker haben, um nach der ersten Galosche zu suchen, und hier verließ sie Flaumfederchen.
Wieder war nichts Gutes herausgekommen.
Flaumfederchen spuckte aus und machte sich auf zum Bahnhof, wo bekanntlich viele Leute mal das eine, mal das andere verlieren. In kurzer Zeit fanden sich an: zwei Pistolen, ein Gebiß und ein Kissen, und plötzlich fand ein Mann auch seine Frau wieder, die er im gegebenen Augenblick gar nicht sehen wollte, denn er kam nicht allein aus dem Urlaub zurück. Der Mann bekam von seiner Frau eine Ohrfeige, wieder nichts Vernünftiges.
Aber dann setzte sich Flaumfederchen einer Mama auf die Schulter, die fand ihr Kindchen wieder, und das war die reinste Freude, sogar die Milizionäre weinten, in deren Bahnhofsbüro das Kind die letzten zwei Stunden verbracht und Schreibmaschine und Papierkorb, das Schloß des feuerfesten Safes und das Schild an einer Milizionärsmütze zerstört hatte.
So kam doch noch was Gutes heraus.

DIE INSEL DER FLIEGER

Ein junger Flieger hatte gehört, daß irgendwo im Ozean eine Zauberinsel liege und auf ihr ein Garten und ein Palast. Fliege man über dieses Gebiet, dann dufte der Garten zehn Kilometer nach oben, so daß es der Besatzung schwindlig werde, und diesen Geruch könne man nie vergessen.

Jeder Flieger wolle dorthin zurückkehren und noch einmal über den geheimnisvollen Garten fliegen, aber die Insel liege abseits von allen Fluglinien, man müsse sie erst suchen, außerdem tauche sie nicht immer auf, und es koste viele Flugstunden, und jede Stunde, das seien Hunderte von Kilometern, ein hoher Verbrauch an Kerosin.

Unser junger Flieger hatte selbst einen kleinen Garten von der Mutter geerbt – ein gewöhnliches Haus, Rasen, fünf Jasminsträucher, zwei alte Birnbäume und einen Pflaumenbaum.

Der Flieger hatte noch Rosen dazugepflanzt, Tulpen, Pfingstrosen, Kamille, Kornblumen und Kapuzinerkresse, aber einen außergewöhnlichen Duft konnte er in seinem Garten nicht feststellen – es roch nach chinesischem Tee und frischer Luft, und wenn es geregnet hatte, nach Erde.

Als der junge Flieger durch seinen Kollegen von der Insel erfuhr, beschloß er, auf Teufel komm raus dorthin zu fliegen. Einmal gelang ihm das auch – während eines Nachtflugs machte er einen kleinen Umweg, die Passagiere merkten nichts, sie schliefen süß über dem Ozean, die Besatzung schlummerte ebenfalls, und so wich unser junger Flieger mit hoher Geschwindigkeit um eintausend Kilometer vom vorgeschriebenen Kurs ab.

Etwas zog ihn magisch an, ein schwaches Zeichen oder ein schwacher Laut, er schloß sogar die Augen – und plötzlich hatte sich ringsum alles verändert.

Unten leuchtete in der Finsternis das kleine Licht eines Palastes (das Fenster lag unterm Dach). Der Flieger selbst befand sich in einer Wolke von Düften, die er vordem noch nie wahrgenommen hatte – die Nacht roch nicht nach Lorbeer und Zitrone, nicht nach Honig und Tee, nicht nach Jasmin und weißem Flieder und nicht wie ein Reizker im Moos, nicht wie Erdbeeren auf einer Waldlichtung am Mittag, nicht wie ein warmes Vanillebrötchen am Morgen und nicht wie die Hand der Mutter auf der Stirn in der Kindheit und nicht wie ein Nachtveilchen im Farn – da war noch etwas, etwas Zartes, Kräftiges, was man nicht fassen konnte.

Der Flieger sprang von seinem Sitz auf, er wollte alle wecken, doch dann besann er sich, zumal der Flughafen, auf dem er bereits eine halbe Stunde später landen sollte, das verlorengegangene Flugzeug mit den Passagieren bereits suchte.

Natürlich folgten große Unannehmlichkeiten, das Flugzeug traf verspätet ein, die Wartenden regten sich schrecklich auf, die Fluginformation wußte nicht aus noch ein. Kurz, der Chef entließ unseren Flieger, ja, er verhängte sogar eine Geldstrafe über ihn, und die war so hoch, daß der Flieger gezwungen war, Haus und Garten zu verkaufen und außerdem einen

hohen Kredit aufzunehmen, obwohl all seine Kollegen einmütig für ihn einstanden und sagten, das sei ein plötzlicher Gedächtnisausfall gewesen, so was könne jedem passieren.
Der Flieger behielt nur ein kleines Stück Land, so groß wie ein Überlandbus.
Aber das Leben ging weiter, und unser ehemaliger Flieger bat darum, daß man ihn beim Bodenpersonal einstellte, wo er die Flugzeuge mit Verpflegungspaketen versorgen wollte.
Er wurde genommen, weil alle seine Ehrlichkeit und Anständigkeit kannten, man brauchte sich um die Pakete keine Sorgen zu machen.
Die Geschichte mit dem Verschwinden des Flugzeugs wurde ihm verziehen, denn niemand ahnte, daß er absichtlich die Route verlassen hatte, um nach der Insel zu suchen, und zweitens kam er für alles auf, für das verbrauchte Kerosin und auch für die unbenutzten Bahnkarten der Passagiere, er bezahlte sogar Flugticket und Taxi für einen besonders aufgeregten Mann, der mit den Armen herumfuchtelte und schrie, nun brauche er das Geld auch nicht mehr, durch die Verspätung habe er seinen Zug verpaßt, auf ihn habe auf dem Bahnhof ein Hund gewartet, und zwar am letzten Wagen, er sei immer gekommen, um ihn abzuholen, und immer habe er am letzten Wagen gewartet, und dieses Mal habe er, der Passagier, beschlossen, den treuen Hund zu adoptieren – und ausgerechnet da mußte das Flugzeug zu spät landen!
Er schrie und fluchte und wiederholte immer wieder, daß er die Adresse des Hundes nicht kenne und alles verloren sei. So gab der Flieger ihm Geld für ein Flugticket und für das Taxi vom Flughafen bis zum letzten Wagen des Zuges.
Mit einem Wort, unser Flieger kehrte ins normale Leben zurück und pflanzte auf seinem Stückchen Erde sogar Blu-

men – die anderen Flieger hatten Mitleid mit ihrem Kollegen und brachten ihm von der ganzen Welt Samen mit: Es war kein Problem, in einem fremden Park, in einem fremden Land eine Schote, ein vertrocknetes Blümchen oder Beeren abzureißen, in deren Innern ja die notwendigen Samen lagen. Unser Flugzeugversorger pflegte und hegte in seiner Freizeit all diese Samen und baute aus kleinen Steinen sogar einen Palast von einem halben Meter Höhe, legte Strom und schraubte eine Taschenlampenbirne ein, damit nachts in seinem kleinen Garten unter dem Dach des winzigen Palastes ein Fenster leuchtete.

Für sich selbst stellte er eine Hütte mit drei Stockwerken auf, das war kein Problem, die Steine holte er aus einer Schlucht. Im obersten Stockwerk hatte er sogar eine Orangerie unter einem Glasdach, in der mittleren Etage waren die Campingliege und die Bücher, und ganz unten bewahrte er seinen Spaten, die Gießkanne und den Dünger auf, außerdem gab es noch einen großen Keller für Samen, Knollen und Zwiebeln, denn unter der Erde hatte er Platz genug, hundert Meter in die Tiefe, wenn er gewollt hätte!

Von seinem mittleren Stockwerk aus konnte er nachts wunderbar seinen kleinen Palast mit dem erleuchteten Fenster sehen, und manchmal schien ihm, daß er wieder über der Zauberinsel fliege und den Duft einatme, den er auf der Erde noch nie wahrgenommen hatte, höchstens wenn die Mutter ihn früher zu Silvester vor dem Einschlafen geküßt und er in seinem Bettchen inmitten der bescheidenen Geschenke gelegen hatte und glücklich und behütet war.

In der Fliegerstaffel gab es noch den Piloten, der dem jüngeren Freund bei einem Glas Rum von der Insel berichtet hatte. Sie wissen ja, wie das mit Betrunkenen ist: Aus heiterem Himmel erzählen sie dir von dem Liebsten, was sie haben.

Es wußte also nicht nur unser Flugzeugversorger von der Insel – Rum kann man an jeder Ecke kaufen –, und so erfuhr schließlich auch der Chef von dem Geheimnis.

Dieser Chef hatte noch nie in seinem Leben in einem Cockpit gesessen, Chef war er nur über Beziehungen geworden, so was soll vorkommen, sein Cousin hatte die Tochter eines stellvertretenden Ministers geheiratet, der Stein kam ins Rollen, und bald war die ganze bucklige Verwandtschaft untergebracht.

Der Chef selbst kam aus einer angesehenen Familie – alles Zwischenhändler von Diebesgut, und da sie alle nicht weit vom Flughafen wohnten, hatten sie sich auf das Klauen von Fluggepäck spezialisiert, das heißt, die Familie hatte Erfahrung mit dem Flugwesen.

Nachdem der Sohn des Zwischenhändlers Chef geworden war, ahndete er jeden Disziplinverstoß seiner Untergebenen sehr streng, weil er fürchtete, man könne schlecht von ihm denken.

Gerade unter Banditen finden wir die schärfsten Chefs, das weiß jeder. Bei Banditen wird nicht entlassen, darauf verschwenden sie keine Zeit, beim geringsten Vergehen wird das Arbeitskollektiv erschossen und ein neues eingestellt.

Kurzum, als der Chef von der geheimnisvollen Insel hörte, derentwegen die Disziplin verletzt worden war, wollte er auf der Stelle dorthin gebracht werden.

Der alte Pilot, der sich verquatscht hatte, saß in der Kneipe und weinte über einem Glas Rum, und der ehemalige Pilot, der jetzt das Essen für die Passagiere verpackte, saß neben ihm und dachte darüber nach, was zu tun sei.

Die Situation schien fast ausweglos, denn der Chef hatte für

seine Dienstreise ein uraltes Bombenflugzeug angefordert, und allein das war schon verdächtig.
Schließlich überredete der ehemalige junge Flieger den alten Piloten (was ihn eine Flasche Rum kostete), ihn auf diesem Flug mitzunehmen, und am festgesetzten Abend ging der finstere dicke Chef in Fliegermontur mit Orden (stellvertretende Minister besitzen immerhin viel Macht) und einem kleinen Koffer an Bord des Bombers und ahnte nicht, daß auch der Flugzeugversorger mitflog, zu allem bereit.
Der Chef verlangte vom Piloten, er solle die Bombenluke öffnen, legte sehr vorsichtig seinen Koffer hinein, ging dann in die Kabine und setzte sich auf den Ehrenplatz am Fenster.
Was den ehemaligen Flieger betrifft, der sich unter einer Plane versteckt hatte, so zog er den Koffer schnell wieder aus der Luke, öffnete ihn furchtlos und holte einen kleinen Gegenstand heraus, dann machte er den Koffer wieder zu, legte ihn zurück, schloß die Luke und versteckte sich wieder unter der Plane, neben der Luke – für alle Fälle.
Das Flugzeug hob ab, hing schwer in der Luft und brummte mit seinen Motoren, und als die Nacht hereinbrach, spürte unser ehemaliger Flieger den zarten Duft der Insel und hörte es gleichzeitig im Cockpit schreien.
»Was heißt, sie läßt sich nicht mehr öffnen?« jammerte der Chef. »Warum geht die Luke nicht auf? Spiel nicht den Dummen, hörst du! Vorhin ging es noch. Ich erschieße dich!«
»Von Hand geht sie auf. Dieser Katafalk hat hundert Jahre auf dem Buckel, die Automatik funktioniert nicht mehr!«
»Ich erschieße dich!« schrie der Chef.
»Der Deckel hat sich verklemmt!« schrie der alte Flieger heiser.

»Nimm einen Hammer! Hast du eine Zange? Los! Mach die Luke auf!«

»Ich geh ja schon, aber wer wird diesen Sarg hier lenken, etwa du, Chef?« rief der alte Flieger . »Ich möchte diese Insel nicht mit der Nase küssen!«

»Ich werde dir... weißt du, was du kriegst? Ich werde dir... Ich werde dir keine Prämie geben!«

Der Zauberduft erfüllte das Flugzeug, unten aber, unten war das Licht des Palastes bereits vorbeigeschwommen, der ehemalige junge Flieger schaute jedoch nicht aus dem Fenster, sondern lag unter seiner Plane.

Im Cockpit schrien sie noch immer.

»Zurück, du Armleuchter!« schrie der Chef. »Dreh die Karre um!«

»Nach Hause?« schrie der Pilot.

»Nicht nach Hause, du Idiot! Wenn wir zurück sind, entlasse ich dich! Zum Objekt zurück! Siehst du da unten das Licht brennen? Dahin fliegst du, kapiert? Ich mach die Luke selber auf.«

Einen Augenblick später sah der ehemalige Flieger, wie sein Chef angerannt kam und schnaufend den Lukendeckel öffnete.

Der wilde, betörende Duft des Gartens nahm ihm beinahe die Besinnung.

Der Chef fing sogar zu schwanken an.

Dem Flieger wurde unter seiner Plane ebenfalls schwindlig.

Aber er sprang auf und stieß seinen ehemaligen dicken Chef in die Bombenluke, verschloß den Deckel und drehte ihn fest zu.

Darauf rannte er ins Cockpit.

Der alte Pilot weinte.

Der Bomber kreiste über der Insel, im Cockpit duftete es so verführerisch, daß es einen danach verlangte, aus dem Flugzeug zu springen und, mit den Armen rudernd, durch die Luft zu schweben.

Unten blinkte das Licht des Palastes.

Der alte Pilot hob immerfort die Rumflasche an seinen Mund, wodurch das Flugzeug hin und herwackelte wie die Flüssigkeit in der Flasche – oder umgekehrt.

Der ehemalige Flieger löste seinen alten Kumpel ab, schaute aufmerksam nach unten und ging tiefer.

»Ich habe die Insel zerstört, hörst du?« heulte der alte Pilot. »Was machst du, Grünschnabel?«

»Ich fliege weiter am Ufer entlang. Sag mal, gibt es in der Nähe einen kleinen See?«

»Massenweise! Es gibt Badestrände und Swimmingpools. Warum fragst du?«

»Wirst du bald sehen.«

Nach einer Flugstunde verletzte der Bomber die Grenze des Nachbarstaates und warf mit großer Treffsicherheit mitten in den Swimmingpool eines Hotels seine Bombe, die in Gestalt eines dicken Mannes ins Wasser platschte und sogleich von zwei betrunkenen Wächtern herausgefischt wurde, die in Liegestühlen neben dem Pool geschlummert hatten und nun von Kopf bis Fuß naß waren.

Was sind das bloß für Idioten im Nachbarstaat, dachten die beiden Aufklärer, als sie das Geschenk des Himmels in Händen hielten, die werfen ihre Spione in Uniform ab, mit Dokumenten und Orden, aber ohne Fallschirm. Und ihm auf den Kopf gleich den Koffer mit dem Bömbchen! So ein Irrsinn! Ohne Zünder! Das soll einer verstehen.

Die betrunkenen Hotelwächter wurden im ganzen Land

berühmt, man fotografierte sie im nassen Zustand, zusammen mit dem ebenfalls nassen und verwirrten Spion, und ohne ihn. Am nächsten Tag waren ihre Fotos auf den ersten Seiten der Zeitungen zu sehen.

Es war eine Sensation!

Die Grenzer waren stolz auf ihren Spion, wie Pilzsammler auf einen Steinpilz.

Der alte Bomber aber kehrte unterdes still und leise ohne den Chef auf den Flughafen zurück.

Bald folgte aus dem Nachbarstaat eine Anfrage wegen des Spions. In seinem Haus wurden Bomben und Messer gefunden, auf dem Dachboden lagen leere Koffer herum, die ursprünglich aus der Gepäckabteilung des Flughafens stammten.

Die Mutter des Spions und seine gesamte Familie schworen, daß alles ihm gehöre, der Mann habe eben ein merkwürdiges Hobby.

Ihre Denkweise war sehr vernünftig: Wenn er schon im Gefängnis saß, dann konnte er auch weiter dort sitzen.

In seine dreistöckige Hütte zurückgekehrt, fiel der ehemalige junge Flieger in einen tiefen, süßen Schlaf, denn wenn etwas glückt, sind die Menschen sehr müde und schlafen gut.

Im Traum sah er den Garten, er flog zwischen den Blumen der Insel in einem kleinen Flugzeug vom Typ »Libelle« umher, und die Düfte des Gartens wiegten ihn die ganze Nacht.

Als er am anderen Morgen erwachte, entdeckte er in seinem Garten neue wilde Blumen – offenbar waren über Nacht alle Samen, Körner und Bohnen, die ihm seine Kollegen geschenkt hatten, aufgegangen.

Die verwunderten Nachbarn schauten über den Zaun, alle Schmetterlinge der Umgebung flatterten über dem winzigen

Garten des Fliegers, überhaupt erinnerte ihn die Situation sehr an seinen Traum, denn das Stückchen Erde duftete märchenhaft.

Mehr noch, die junge Nachbarstochter, ein Geschöpf wie ein Schneeglöckchen oder die Blüte einer Walderdbeere, winkte ihm zu, wurde rot und fragte, ob der Nachbar mit ihnen nicht eine Tasse Tee trinken wolle, Papa und Mama interessierten sich sehr für Samen, Ableger und Wurzeln.

Natürlich folgte er der Einladung der schönen Nachbarin sofort.

Muß noch erwähnt werden, daß dort, wo für gewöhnlich das Märchen endet, ein glückliches Leben begann...?

DIE ZAUBERBRILLE

Es war einmal ein Mädchen, das kaufte sich statt eines Schulhefts eine sehr billige Sonnenbrille.
So was soll vorkommen. Aber es stellte sich heraus, daß es eine Zauberbrille war, wie ein zweites Paar Augen, das sieht, was du mit deinen gewöhnlichen Augen nicht entdecken kannst.
Zum Beispiel konnte das Mädchen jetzt wunderbar in die Ferne schauen, sie konnte beobachten, wie auf einem fernen Planeten ein Zug hin- und herfuhr.
Mehr noch, sie sah Sterne, die von den Wissenschaftlern noch nicht einmal entdeckt worden waren, sie konnte diese Sternennebel ausgezeichnet erkennen, und es war, als ob sie in ihnen schwebe.
Andererseits aber sah das Mädchen nun auch Mikroben.
Wenn die Mutter beispielsweise sagte: »Geh dir die Hände waschen«, sah das Mädchen, daß im Leitungswasser Millionen von Bakterien schwammen und daß auf dem Wasserhahn Millionen zottiger Mikroben saßen, die einen krumm wie eine Gurke, die anderen gerade wie ein Nagel.
Und selbst auf dem Seifenstück waren unendlich viele.
Um die Mutter nicht zu verärgern, wusch sich das Mädchen die Hände und trocknete sie an einem Handtuch ab, auf dem

sie ganze Mikrobenstädte entdeckte! Ganz zu schweigen von der Bulette, die die Mutter gestern gebraten hatte, und die Wurst aus dem Geschäft erwähnt man besser gar nicht erst!

Aber das Mädchen wollte seiner Mutter gehorchen. Was die Sonnenbrille betraf, so erzählte sie ihr, sie habe sie auf der Straße gefunden.

Die Mutter war natürlich nicht damit einverstanden, daß das Mädchen die Sonnenbrille ständig aufhatte, sogar zu Hause, sogar abends, wenn es dunkel war.

Mit einem Wort, das Leben des Mädchens war ziemlich anstrengend geworden. Nach einiger Zeit beschloß sie, die Brille tagsüber nicht mehr zu tragen, sie vergeudete ihr Augenlicht völlig umsonst und hatte nur Unannehmlichkeiten. Dafür trug sie sie nachts mit um so größerem Vergnügen. Auf den fernen Planeten und Sternen erblickte sie keine gräßlichen Ansammlungen von Mikroben und Bakterien, sondern sah das wunderbare Leben der Himmelskörper und reiste mit Hilfe ihrer Brille im Weltall umher.

Alle fanden das Benehmen des Mädchens merkwürdig. Die Mama machte sogar den Versuch, die Brille in den Mülleimer zu werfen. Aber das Mädchen fand sie sehr schnell wieder, denn die Brille fing im Eimer, wo sie sich zwischen einer unwahrscheinlich großen Anzahl von Mikroben und Bakterien befand, laut zu klingeln an.

Das Mädchen wusch die Mikroorganismen mit Leitungswasser ab, in dem vielleicht hundert Millionen Bakterien weniger waren. Man hat keine Wahl!

Um die fernen Welten besser sehen zu können, suchte das Mädchen den Weg auf den Dachboden und ging nun jede Nacht nach oben.

Tagsüber schlief sie natürlich, sogar im Stehen, im Unterricht

gab sie unpassende Antworten, dafür aber stellte sie nachts die Fahrpläne der Züge des fernen Planeten FU-350 zusammen und beobachtete, wie der Schnee an den Polen des Planeten HU-1500 taute.
Dort fühlte sie sich zu Hause.
In der Schule aber, wenn sie in der Mathestunde vom Leben auf anderen Planeten erzählen wollte, errötete die Lehrerin, rannte aus der Klasse und kehrte mit dem Direktor zurück, bei dem sie sich über die respektlose Göre beschwert hatte.
Einmal bekam das Mädchen allerdings eine gute Zensur in Biologie, weil sie glänzend von den zehn Bakterienarten erzählen konnte, die in unabgekochtem Wasser leben.
In diesem Fall wurde die Lehrerin weich und sagte: »Siehst du, Katja, du kannst doch, wenn du willst.«
Die gute Zensur gab sie ihr für eine bislang unbekannte Bakterienart, die erst in letzter Zeit aufgetaucht und von den Wissenschaftlern noch nicht einmal entdeckt worden war.
Zu Hause ging ebenfalls alles drunter und drüber: Die Mama hatte Mitleid mit ihrer Tochter und weckte sie morgens sehr zartfühlend, sie redete manchmal eine halbe Stunde auf sie ein. Der Papa schimpfte mit der Mama, sie verwöhne das Mädchen, und der kleine Bruder wollte jeden Morgen der Schwester einen Eimer Wasser über den Kopf schütten.
Schließlich stieg das Mädchen eines Morgens, statt zum Unterricht zu gehen, auf das Dach ihres fünfgeschossigen Hauses, denn am Tag davor hatten die Jungs erzählt, ein Psychiater käme in die Schule, der alle untersuchen wolle, und bei wem sich rausstelle, daß er unnormal sei, der müsse in die Idiotenschule. Wer an diesem Tag nicht in der Schule erscheine, zu dem komme der Notarzt nach Hause.
In der Schule hatten sie außerdem erzählt, daß man den

Kranken im Irrenhaus alles abnehme: Uhren, Schlüssel, Geld, Gürtel und vor allem Brillen, besonders Sonnenbrillen, denn die Verrückten könnten sich und andere mit der Brille verletzen, und wozu zum Teufel brauche ein normaler Mensch eine Sonnenbrille, er sitze ja schließlich nicht am Strand usw.

Dort, auf den anderen Planeten, trugen die Menschen gleich drei Brillen übereinander und hatten Hüte auf, die bis zur Decke gingen. Aber wem hätte man das auf der Erde erzählen können.

Das Mädchen beschloß, aus dem fünften Stock zu springen, damit die Menschen ein für allemal verstünden, wen sie verloren hatten, vor allem Papa und ihr Bruder, die eigentlich herzensgut waren und Mitleid mit anderen hatten. Der Bruder las immer alle herumstreunenden Katzen und Hunde auf und fütterte sie vor der Haustür, nach Hause durfte er diese Straßenbewohner nicht bringen.

Mein Papa und mein Bruder, dachte das Mädchen, als sie mit der Sonnenbrille auf dem Dach ihres Hauses stand, mein Papa und mein Bruder werden sehen, was sie einbüßen, wenn ich nicht mehr da bin, doch dann ist es zu spät.

Dann fiel dem Mädchen die Mutter ein, die Mutter tat ihm leid, es weinte sogar. Das Mädchen wischte sich die Tränen ab, ohne die Sonnenbrille abzusetzen.

In ihrer Klasse würde niemand trauern. Falls sie zur Beerdigung kämen, würden sie sogar lachen. Man dürfte sie nicht auf den Friedhof lassen. Und außerdem, dachte das Mädchen, was wird von mir übrigbleiben? Alles kommt in einen Sack und fertig.

Zum letzten Mal im Leben schaute sie mit ihrer Sonnenbrille nach oben, aber außer den großen Mikroben, die an den Brillengläsern klebten, sah sie nichts. Am Tage war der Himmel hell und leer.

Dann sah sie in die Ferne und erblickte auf einem Balkon einen Jungen mit einem Fernglas, der nur mit einer Unterhose bekleidet war. Er schaute unentwegt in ein fremdes Fenster, aus seinem halbgeöffneten Mund floß Speichel, er schluckte ihn hinunter und schaute erneut durchs Fernglas.

Möglicherweise, dachte das Mädchen verwirrt, verzehrt dort, wo er hinschaut, jemand eine Torte.

Das Leben war uninteressant, schrecklich und trübselig.

Um den pickligen Jungen in der Unterhose nicht sehen zu müssen, schaute das Mädchen nach unten, auf die Stelle, wo sie liegen würde.

Dort war Asphalt.

Und dort stand eine Menschenmenge und in der Menschenmenge eine Frau, die schrie und sich die Haare raufte.

Dann fiel die Frau um und wälzte sich auf dem Asphalt.

Wäre das Mädchen gesprungen, wäre sie auf die Frau gefallen.

Was schrie sie nur?

Durch die Brille konnte das Mädchen alles gut sehen, die Arme der Frau, die auf den Asphalt schlugen, ihr rotes Gesicht mit dem weit geöffneten Mund, der voller Straßenstaub war.

Aber hören konnte sie sie nicht.

Aufgeregt stieg das Mädchen vom Dach, fuhr mit dem Aufzug hinunter und mischte sich unter die Leute.

Es stellte sich heraus, daß die Frau ihr Kind im Kinderwagen vor dem Hauseingang stehenlassen hatte und in den zweiten Stock zu einer Bekannten gegangen war. Als sie zurückkam, war der Kinderwagen weg.

Die Frau hatte alle Straßen in der Nähe abgesucht, war zum Hauseingang zurückgekehrt und hatte Passanten gefragt, ob nicht jemand ihr Kind gesehen habe: ein roter Kinderwagen, ein Kind mit weißem Pullover, einem Mützchen und einer blaukarierten Babydecke.

Die arme Mutter hatte sich offenbar regelrecht auf die Leute gestürzt und laut geweint, und in dem Moment, als das Mädchen dazukam, beschloß man gerade, den Notarzt zu holen, denn die Frau habe offensichtlich den Verstand verloren: Wahrscheinlich sei sie mit ihrer Freundin ins Quatschen gekommen und habe den Kinderwagen völlig vergessen.

Das Mädchen erstickte fast vor Wut auf diese bösen Menschen, die jeden ins Irrenhaus sperren wollten, sogar Todunglückliche wie diese Mutter oder andere Menschen, die gern Sonnenbrillen trugen.

Da stieg das Mädchen wieder aufs Dach und setzte die Sonnenbrille auf.

Und erblickte drei Straßen weiter die blinde Großmutter, die immer am Bahnhof stand und, auf ihren Stock gestützt, bettelte.

Die Großmutter rannte zwischen den Autos über die Straße und schob den roten Kinderwagen vor sich her, den Stock hatte sie unter den Arm geklemmt.

Das Mädchen brüllte nach unten: »He! Hallo! Ich sehe ihn! Die Großmutter hat den Kinderwagen genommen und rennt zum Kaufhaus! Am Kino vorbei! Jetzt läuft sie gerade über die Straße! Ich sehe sie!«

Die Menge rührte sich nicht.

Das Kino lag weit entfernt, jedenfalls war es unmöglich, die Großmutter vom Haus aus zu sehen, geschweige denn den Kinderwagen und das Kino.

Aber die arme Mutter wurde sofort still, sprang auf, schüttelte den Staub von ihren Kleidern und rannte, was das Zeug hielt und ohne nach rechts oder links zu schauen.
Das Mädchen mit der Brille fuhr schnell nach unten, ging auf die Straße und rannte der Mama hinterher, wobei sie die Brille festhielt.
Fünf Minuten später kamen sie am Kino an, doch die Großmutter war nicht mehr da. Nur ein Auto, das angesichts der gefährlichen Großmutter gebremst hatte, stand quer auf der Straße.
Der Milizionär schrieb alle Angaben auf, und der Fahrer zeigte mit dem Finger in eine Gasse und demonstrierte, wie die Großmutter den Kinderwagen geschoben hatte.
»Nichts wie hin!« rief das Mädchen mit der Brille, und sie stürzten in die Gasse.
Doch da war ebenfalls keiner mehr.
»Einen Moment!« sagte das Mädchen. »Warten Sie hier auf mich.«
Sie ging in ein elfstöckiges Haus, und da sie in der obersten Etage nicht den Eingang zum Dachboden fand, hängte sie sich einfach aus dem Fenster und sah durch ihre Brille folgendes: Die blinde Oma zerrte den Kinderwagen in einen Hauseingang, wobei sie offenbar nicht gerade zärtliche Worte brabbelte.
Die Alte versuchte, wie eine Zugmaschine das schwere Gefährt hinter sich herzuziehen, spuckte aus, nahm es unter den Arm und ging mit schweren Schritten ins Haus, hinter ihr fiel die Tür ins Schloß.
»Hallo, Tante«, rief das Mädchen aus dem Fenster, »das Haus da, dritter Eingang!«
Die Mama sprintete sofort los, das Mädchen holte sie erst an

der Ecke ein, und gemeinsam rannten sie in den Hauseingang.

Die arme Frau wollte bereits wieder ihr »Hilfe!« rufen, aber das Mädchen mit der Sonnenbrille befahl ihr: »Psst! Wir müssen erst horchen.«

Sie gingen ganz leise die Treppe hoch und legten an jede Tür ihr Ohr.

An eine Tür mußten sie ihr Ohr gar nicht erst legen – dort schrie ein Kind, und die Stimme eines Erwachsenen klirrte: »Gleich trinken wir Milch! Oh, verflucht! Brüllt wie am Spieß! Na, na, wer möchte denn Milch trinken! Ulju-lju-lju!«

Die Frau wollte mit der Faust gegen die Tür hämmern, doch das Mädchen mit der Brille flüsterte: »Leise! Sonst wirft sie das Kind noch aus dem Fenster!«

Schwer atmend standen sie vor der Tür, und das Mädchen tat so, als klingelte sie bei jedem und sagte laut: »Die Hausverwaltung verteilt kostenlos Talons für Wodka, nur für Kinder bis sechzehn und Rentner, je zwei Flaschen. Wir stellen die Liste zusammen.«

Die blinde Alte hatte das natürlich hinter ihrer Tür gehört, konnte sich nicht beherrschen und kam heraus: »Ich kriege vier, schreib mich auf.«

»Wieso vier?« fragte das Mädchen.

»Für mich und meinen Enkel.«

Das findige Mädchen sagte: »Unseren Angaben nach haben Sie keine Enkel.«

»Was heißt, keine Enkel«, schrie die blinde Alte, »was heißt, keine Enkel! Hört ihr ihn denn nicht.«

Tatsächlich, das Schreien des Kindes wurde immer lauter.

»Das glaube ich nicht«, sagte das Mädchen, »Sie haben keine Enkel.«

»Vor kurzem hatte ich keine, jetzt habe ich einen, er schreit doch. Ich habe ihn auf dem Hals, dabei bin ich Invalide, und auch mein Sohn ist seit seiner Geburt behindert. Ich habe es schwer mit ihm, ich komme kaum zurecht.«

»Wo ist Ihr Enkel?« fragte das Mädchen streng.

»Da brüllt er doch«, entgegnete die Alte, die ebenfalls eine dunkle Brille aufhatte.

Doch da verstummte das Kind, und das Mädchen bekam es mit der Angst zu tun.

Aber es ließ sich nichts anmerken und sagte: »Also, Name des Kindes und Vatersname.«

Das Kind schwieg immer noch, und die Mutter verzog ihr Gesicht, gleich würde sie anfangen zu heulen.

Nach einiger Überlegung sagte die Oma: »So, wie ich heiße, so heißt auch er. Und sein Vorname... Gleich, laßt mich nachdenken. Nikolai.«

»Und der Vatersname?« Das Mädchen ließ nicht locker. Gleichzeitig hatte sie den Arm der Mutter, die dabei war, den Verstand zu verlieren, eisern umfaßt.

»Na, der Vatersname ist... ebenfalls... Nikolajewitsch«, sagte die Alte.

»Also, Nikolai Nikolajewitsch. Einen Moment, Großmutter, ich muß mal telefonieren und die Angaben in der Liste berichtigen. Wo steht Ihr Telefon?«

»Da, es hängt an der Wand«, sagte die blinde Alte und fuhr sich über den ausgetrockneten Mund. »Wodka brauchen alle. Mein Sohn kann ohne Wodka nicht einschlafen, er schickt mich immer welchen holen. Tragen Sie wenigstens mich und den Enkel ein.«

Das Mädchen nahm den Arm der Alten und führte sie mit den Worten »Kommen Sie, ich helfe Ihnen« ins Zimmer, wo natürlich der rote Kinderwagen stand, in dem sich das Kind zu seiner vollen Größe aufgerichtet hatte, sich am Verdeck festhielt und die Eintretenden mit großen Augen ansah.

»So, das wär's. Danke, Großmutter«, sagte das Mädchen, »Mama, nimm dein Kind und laß es nie wieder auf der Straße stehen. Und dir, Großmutter, raten wir, keine fremden Kinder zu klauen, sonst kommst du ins Gefängnis!«

»Was soll denn das schon wieder heißen«, heulte die Alte, »das Kind war ausgesetzt! Da will man ein Kind retten und kommt ins Gefängnis!«

Aber die Mama, die ihr Kind schnappte und es wieder zurück in den Kinderwagen legte, entgegnete: »Ausgesetzt! Klar! Was denn sonst?«

Auf dem Rückweg erzählte die Mama dem Mädchen, eine Trinkerin schulde ihr Geld, sie müsse noch schnell bei ihr vorbei, habe aber niemanden, der auf das Kind aufpasse, zu der Trinkerin könne sie es nicht mitnehmen, sie brauche aber dringend das Geld usw.

Das Mädchen, das auf diese Weise vom schweren Los der Erwachsenen erfuhr, beschloß, in Zukunft nicht mehr vom Dach zu springen, sondern am Leben zu bleiben, um den Menschen zu helfen.

Sie sagte keinen Mucks, als sie sah, daß die Mutter aus ihrer Tasche das Milchfläschchen holte und auf dem Schnuller drei Millionen Mikroben saßen.

Halb so schlimm, dachte sie. C'est la vie! Wir müssen halt mit Mikroben leben.

Sie setzte ihre Brille ab und steckte sie in die Tasche.

Einige Dinge sollte man lieber nicht sehen, nicht alles auf dieser Welt ist perfekt, dachte das Mädchen und ging fröhlich nach Hause.

KÖNIGIN LEAR

In einem Land lebte einmal eine alte Königin, die alle Lear nannten. Eines Tages lockerte sich bei ihr eine Schraube. Sie setzte ihre Krone ab, übergab sie ihrem Sohn Cordel und beschloß, sich endlich zur Ruhe zu setzen, und zwar irgendwo an einem abgelegenen Ort, ohne allen Komfort.

Nur einfältige und in schlechten Verhältnissen geborene Reiche nämlich bauen sich luxuriöse Paläste, Aristokraten hingegen lieben alles, was natürlich ist. Allein, die Pflicht erlaubt es ihnen nicht, aus Schlössern in einfache Hütten, Dampfbäder und Scheunen zu ziehen.

Aber unsere Königingroßmutter, eine starke und freie Frau, beschloß, ihre Träume umgehend wahr zu machen. Sie baute sich in der Nähe des Königspalastes ein Haus, wofür achtzig neue Makkaronikartons draufgingen.

Die Alte baute das Haus selbst, mit Hilfe eines Klebebandes, und erreichte erstaunliche Resultate: Zur Nacht schon war es fertig.

Die Alte hielt auch ein riesiges Müllauto an, das gerade aus dem Königstor fahren wollte, und zwang den Chauffeur, alles auf den Weg zu kippen, was im Auto war.

Die Königin wühlte im Müllhaufen, weidete Plastiktüten

aus, fand massenhaft Zeitungen und legte mit ihnen den Boden ihres Hauses aus. Schließlich kann man ja nicht auf der nackten Erde pennen!

Gleichzeitig fand sie ein paar abgebrochene Löffel und sieben Kerzenstummel. Wo zum Teufel gibt es im Palast Kerzenstummel, dachte die Königin mißtrauisch, aber dann sagte sie sich: Das geht mich nichts mehr an! Pardon, ich bin nicht mehr am Hof!

Im Schloß allerdings gab es einen Riesenklamauk, denn die angestellten Gärtner wurden über Funktelefon angewiesen, alles in das Müllauto zurückzuladen, was Lear nicht verwendet hatte. Das war ein Spektakel! Vom Asphalt wurden Bananenschalen, Eierschalen und andere Kostbarkeiten aufgelesen.

Beiläufig stellte sich heraus, daß die Königingroßmutter geschenkte Sachen partout nicht nehmen wollte, sie plante, sich ihr Essen und alles, was sie brauchte, selbst zu besorgen. Im Schweiße ihres Angesichts.

Der Sohn kam zur Alten herunter, König Cordel. Er gab ihr ein Kärtchen und sagte: »Mama, das ist eine Zauberkarte, wenn Ihr sie in den Schlitz eines Kastens steckt, der sich neben einer Bank befindet, so springt für Euch Geld heraus, und Ihr könnt nach Eurem Willen und mit Euren eigenen Händen kaufen, was Ihr braucht!«

Aber die Großmutter lehnte die Zauberkarte mit den Worten ab »Ich habe nicht die Absicht, von Euch etwas anzunehmen« und fügte hinzu, sie wolle in Zukunft nicht mehr vom Geld ihrer Untertanen leben, sondern die Mittel zu ihrem Unterhalt, wenn nötig, im Müll suchen – das sei ehrlicher!

Cordel wurde rot und verschwand, und bald rannten alle im Hof zusammen und beluden ein neues Müllauto, in das sie eine Matratze, zwei Kopfkissen, Laken, eine Kamelhaardecke, ein paar neue Eimer (man lieh sie sich von der Putzfrau) und einen Topf warfen. Nun dachte man kummervoll darüber nach, was geschähe, wenn Lear in diesem Topf Suppe kochte, ohne ihren Makkaroni-Wigwam zu verlassen, das heißt, würde sie nicht gleich mit der Suppe mitkochen? Und sie holten den Topf wieder aus dem Müllauto heraus und warfen statt dessen verschiedene abgepackte Brötchen, Melonen, Eier, Konfitüre, Wurst und Käse hinein, vermengten alles, damit es authentisch aussah, mit zerrissenen Zeitungen und schlossen die Luke.

Gleich darauf hupte das Müllauto vor dem Papphaus der alten Königin, und als sie heraussprang, kippte der Fahrer mit einem großen Schwung das ganze gigantische Müllpaket direkt auf den Weg.

Die Großmutter begann sofort, fröhlich alles Eßbare unter der Matratze und den Kissen hervorzukramen (die Lebensmittel lagen unter dem Bettzeug, denn der Hofstaat hatte die umgekehrte Reihenfolge beim Auskippen nicht bedacht).

Kurz, die Großmutter kroch mit großer Anstrengung unter die Matratze und zog dort Würstchen, Käse, Brötchen und Konfitüre heraus. Ihr Jubel kannte keine Grenzen, außerdem eilte ihr noch die geliebte Enkeltochter zu Hilfe, Prinzessin Alice, und sie lachten sich beide halb tot unter der Matratze und wunderten sich, wieviel nützliche und wohlschmeckende Sachen am Hof fortgeworfen wurden!

»Mich geht das alles nichts mehr an«, erklärte die Königin zwinkernd ihrer Enkelin, wobei sie im wahrsten Sinne des Wortes die Spucke hinunterschlucken mußte. Noch nie im Leben hatte sie solch einen großen Appetit gehabt.

Alice fand sogar ein kleines Gläschen mit schwarzem Kaviar,

den sie überhaupt nicht mochte, aber hier, an der frischen Luft, auf der wilden Wiese, paßte die Delikatesse.
Kurzum, der gesamte Inhalt des Müllautos wanderte bis zum Abend in die Papphütte der alten Königin. Auf dem Fußboden hatten sie über die Zeitung die Müll-Teppiche ausgebreitet, in der Ecke standen Vorräte, Pappteller und Plastiklöffel, und auf dem höchsten Platz im Haus, auf dem Kissen, lag eine riesige Taschenlampe und brannte. Auch die hatte jemand weggeworfen! »Die sind nicht mehr ganz bei Troste!« sagte die Großmutter zu ihrer Enkelin.
Als der erste Stern aufging, beschlossen Lear und Alice, all das zum Abendbrot zu essen, was sie aus dem Müll gefischt hatten.
Aber weder die eine noch die andere hatte je etwas zubereitet. Sie hatten noch nie im Leben eine Tüte oder eine Dose geöffnet, und Wasser hatten sie auch noch nie gekocht.
Sie saßen vor dem Lebensmittelberg und überlegten, wo am besten anfangen.
»Ich weiß, daß Eier warm sein müssen!« sagte die kluge Großmutter. Mit diesen Worten legte sie ein Ei auf die Taschenlampe und wärmte es fünf Minuten.
»So wird gekocht, merk dir das, Alice, mein Freundchen«, sagte die Königingroßmutter.
Sie tranken beide das einzige warme, rohe Ei aus (die übrigen Eier waren beim Ausladen des Mülls zerbrochen), bekleckerten ein bißchen ihre Kleider und den Teppich, aber was machte das schon.
Dann brüteten sie darüber nach, wie sie das Brot aus der Zellophantüte befreien könnten. Schließlich riß die Enkelin die Verpackung mit den Zähnen auf, die Zähne der Großmutter waren zu stumpf, aus Porzellan.

Worauf die Enkelin auf den Geschmack kam und auch noch die Safttüten aufbiß und vor Freude kreischte, als ein ganzer Schwall herausgesprudelt kam und bis zur Pappdecke, auf Omas Kleid, auf den Teppich und auf Omas Frisur spritzte, von Alice selbst ganz zu schweigen, die sich an diesem Springbrunnen verschluckte. Lange nuckelten sie den Rest des Saftes aus der Packung und waren vergnügt wie noch nie im Leben.

Da ertönte das Signal der königlichen Posaune. Es erschien hoch zu Roß ein Trupp Wachsoldaten, der Hauptmann rief Alice zu angeblichen Verhandlungsgesprächen und entführte sie in den Palast. Dort mußte sie Gott weiß was erdulden, möglicherweise versuchte man dem armen Mädchen Abendbrot einzutrichtern usw. Die alte Großmutter aber beschloß, zum erstenmal in ihrem Leben sich ein Bett zu bereiten.

Mit zusammengekniffenen Augen schätzte sie ihre Größe, legte eine Decke auf den Boden, warf ein Laken darüber, dann ließ sie die Matratze darauf fallen, auf die Matratze schmetterte sie das Kissen, sann nach, legte über das Ganze Zeitungspapier und ließ sich selbst völlig erschöpft und stöhnend auf das Lager plumpsen.

Mit der letzten Zeitung deckte sie sich zu, das Bett war warm und weich, und bald schlief die Königin fest.

Am nächsten Morgen machte die Großmutter Frühsport – sie hatte ja beschlossen, ein völlig neues Leben zu beginnen – und wollte Wasser aus einem Eimer über sich schütten. Dann wird auch gleich das Kleid gewaschen, dachte die praktische Lear. Den Teppich wischte sie mit dem Kopfkissen auf.

Aber der Königin gefiel es nicht, in solch einem schmutzigen Haus zu wohnen, überall Krümel, Essensreste, Fetzen und Nässe, und sie ging nach draußen.

Hier entdeckte Lear auf dem Rasen etwas, was sie am Tag zuvor offenbar übersehen hatte – ein Tablett mit einer heißen silbernen Kaffekanne, Brötchen mit Konfitüre und ein Töpfchen mit Haferbrei, auch einen Teller, eine Tasse und silberne Löffelchen. Vielleicht hatte der Müllfahrer gemerkt, daß sein Auto noch nicht ganz leer war, war zurückgekehrt und hatte den Rest auf den Rasen gekippt. »Diese Müllfahrer sind ehrliche Leute, da kann man nichts sagen!« seufzte die Königin und machte sich über das Essen her.

Neben der Kaffeekanne entdeckte sie die Zauberkarte – Cordel hatte sie offenbar verärgert weggeworfen, und nun lag sie herrenlos herum – eine Müllkarte sozusagen.

Die Königin steckte die Karte für alle Fälle in die Tasche, das schmutzige silberne Geschirr aber brachte sie als ordentliche Frau eigenhändig zur nächsten Mülltonne. Sei willkommen, neues Leben! Sie beschloß, auch künftig benutztes Geschirr immer selbst wegzuwerfen.

Danach trat Lear aus den Toren des Königspalastes, die Gardewache blieb wie angewurzelt stehen, weil sie nicht wußte, was tun: Sie hatte den Auftrag, niemanden hereinzulassen, doch was das Hinauslassen betraf, war sie nicht unterrichtet worden. Rausgehen konnte, wer wollte.

In diesem Aufzug erkannten sie die Königin natürlich nicht – nasses Kleid, alles voller Flecken, kein Hut.

Zum erstenmal in ihrem Leben marschierte sie allein zu Fuß durch die Straßen.

Das heißt, eine Abteilung der bewaffenten Wache, die bis dahin in den Büschen gehockt hatte, stürzte ihr sofort hinterher, wurde allerdings von den Torposten aufgehalten, die Passierscheine für die Waffen verlangte.

Eine alte Oma, die nichts mit sich trug, konnte noch rausgelassen werden, aber die bewaffnete Wachabteilung hatte ja lauter Wertsachen am Leibe: Uniformen, Fahnen, lange Unterhosen, Stiefel, Fußlappen, blankgezogene Säbel, Taschentücher, geschulterte Lanzen usw.

Auf diese Weise konnte die Königingroßmutter allein durch die Straßen flitzen. Ohne Hut! Dabei schien die Sonne! Und die Haare standen zu Berge!

Gewöhnlich wurde Lear zweimal täglich gekämmt, am Morgen und vor dem Ball. Aber zur beschriebenen Zeit war bereits ein ganzer Tag ohne Friseur vergangen, wobei die Königin, selbst wenn sie im Besitz eines Kamms gewesen wäre, nicht gewußt hätte, wie sie ihn benutzen sollte. Sie hätte ihn nicht in ihre Mähne stecken und mit aller Kraft nach unten ziehen können, um unterwegs alles gnadenlos rauszureißen, was die Bewegung hemmte. Das ist nämlich eine Kunst!

So dampfte also die ungekämmte Königin durch die Straßen und spiegelte sich in den Schaufenstern, struppig wie ein neuer Besen. Plötzlich sieht sie, wie hinter einem Fenster ein Mann im weißen Kittel über den Locken einer Dame herumfuchtelt. Wobei die Dame über und über voll Schaum ist, wie eine Meereswelle.

Lear bremste, betrat den Friseurladen und setzte sich mit den Worten in den Sessel: »Schätzchen, ich bin bereit.«

Der Friseur rief einen anderen Meister, und der stellte sich hinter den Sessel der Königin und fragte: »Wollen Sie sich die Haare schneiden lassen?«

»Ich will«, antwortete Lear. Sie war sehr verträglich und widersprach ihren Dienern nie.

»Und wie?« fragte der aufdringliche Onkel.

»So«, entgegnete die Königin und tippte mit dem Finger auf ein Bild an der Wand.

Auf dem Foto – eine Reklame für Haarfärbemittel – war ein junger Mann abgebildet mit einem Haarkamm auf dem kahlrasierten Schädel, ähnlich wie die gestutzte Mähne eines Pferdes. Und dieser Kamm war grün.

Möglicherweise wollte Lear unerkannt bleiben, damit niemand auf sie zeigte und aufzog: »Königin, wo ist dein Pferdeschwanz hin?«

Aber vielleicht wollte sie jetzt ein Leben kennenlernen, das ihr bislang verwehrt war.

Es kann aber auch durchaus sein, daß sie das Foto nicht richtig gesehen hatte, die Brille war ja im Palast geblieben!

»Wirklich?« fragte der Friseur zur Sicherheit nach.

»Ja«, bekräftigte Lear ihre Absicht. Lange Gespräche mit den Lakaien konnte sie nicht ausstehen. Jeder Diener muß wissen, was er zu tun hat!

Kurz und gut, der Meister erfüllte ihren Wunsch, ohne mit der Wimper zu zucken, und in diesem neuen Outfit trat Lear auf die Straße, rosig, sauber, glatzköpfig, mit einem grünen Kamm auf dem glänzenden Schädel.

Als der Friseur sein Werk erblickte, erstarrte er zur Salzsäule und vergaß seinen Lohn, ein Fahrradfahrer bremste scharf und prallte gegen eine Laterne, die Taxifahrer hupten, Schüler pfiffen, vorübergehende alte Omas klatschten enthusiastisch Beifall.

Was die Königin betraf, so dachte auch sie nicht daran zu bezahlen, denn sie hatte noch nie im Leben für eine Leistung Geld gegeben, das wäre ihr nicht einmal im Traum eingefallen. Der Menschenauflauf auf der Straße war für sie nichts Neues, Lear wurde immer so empfangen – mit Hupen, Pfeifen und Applaus.

Allerdings brachte man sie für gewöhnlich rasch von solchen

Menschenansammlungen weg, diesmal mußte sie eigenständig entkommen.

Lear setzte sich auf das erstbeste Motorrad, das am Straßenrand stand, auf eine Harley Davidson von roter Farbe, und brauste davon.

(In ihrer Jugend war die Königin einmal fehlgetreten und hatte sich in einen Offizier für besondere Dienste mit Motorrad verliebt, der hatte sie beim Morgenrot darauf fahren lassen. O Leben! O Hoffnung! O widerwärtige Hofschranzen...)

Der Zündschlüssel hatte gesteckt, da der Besitzer des Motorrads der bekannteste Dieb der Stadt war, Ferdinand mit Namen, der paßte natürlich nicht auf seinen Besitz auf, da er nur sich selbst für einen schlechten Menschen hielt, alle anderen, dachte er, seien ehrlich.

Kurz und gut, Lear brauste auf dem fremden Motorrad durch die Straßen, ohne sich auch nur im geringsten um die Verkehrsregeln zu kümmern, die sie allerdings auch nicht kannte.

Was kriegen Könige eigentlich beigebracht? fragt man sich.

Auf das Ende brauchte man nicht lange zu warten: Die scharfe Motorradbraut – grüner Kamm, blaues, verlottertes Kleid, nasse Schuhe – erblickte einen Polizisten und bremste. Zum Glück hatte sie ihn schon von fern erspäht – alte Leute sind weitsichtig wie Habichte!

Als der Polizist an das Motorrad herantrat, war Lear längst im erstbesten Laden verschwunden. Der Polizist aber war deshalb so neugierig, weil er das rote Motorrad des Diebes Ferdinand in einem ferdinandfremden Stadtbezirk entdeckt hatte. Was konnte das wohl bedeuten? Bei Dieben und Polizisten ist alles streng nach Einflußzonen eingeteilt.

Als er allerdings eine fremde, schräge Person auf Ferdinands

Motorrad erblickte, wuchs seine Verwunderung noch mehr, denn wo hat man das schon gesehen, daß ein Dieb jemandem etwas überläßt, schon gar nicht sein Motorrad. Lag hier nicht gar ein Diebstahl vor?

Von diesem Moment an begannen das illegale Leben der Königin Lear und ihre Verfolgung durch die Polizei. Indessen war Lear im Laden untergetaucht und hatte interessante Kleider für sich erspäht: eine Lederjacke mit Nieten, kniehohe Samtstiefel, wie sie der Urgroßvater immer auf der Jagd getragen hatte, und weiße Jeans, die sie aus irgendeinem Grund besonders fetzig fand.

Sie zog sich rasch vor dem Spiegel um und machte sich davon, das blaue Kleid und die nassen Schuhe hatte sie auf den Boden fallen lassen, am Ausgang ließ sie noch eine strohblonde Perücke mit Sonnenbrille mitgehen.

Worauf sich Lear ungehindert entfernte und aus obengenannten Gründen keinen Pfennig bezahlte. Der Verkäufer sortierte hinten im Laden Kleider und ahnte nicht einmal, daß ihn jemand beklaute. Sie hatten einander verfehlt.

Die Königingroßmutter ging in ihrer neuen Montur die Straße hoch und genoß die Freiheit. Der Polizist wartete neben dem Motorrad auf die Anweisungen seines Chefs und erkannte Lear nicht. Alles perfekt. Doch es war die Zeit des zweiten Frühstücks gekommen, der Magen der Königin knurrte, als brummte dort ein Schwertransporter, der steckengeblieben war. Die Königin begriff nicht, was das für Töne in ihrem Inneren waren, niemals im Leben hatte es in ihr so rumort. Beim Anblick des erstbesten Kiosks zog es sie magnetisch zu den Brötchen und Würstchen.

»Madame?« fragte der Verkäufer, und eine Minute später hielt Lear ein belegtes Weißbrot von einem halben Meter

Länge in der Hand und schlug mit dem Heißhunger einer streunenden Katze ihre Porzellanzähne hinein. Aus Bequemlichkeitsgründen zog sie die Perücke mit der Sonnenbrille vom Kopf, so daß der Verkäufer den glatzköpfigen Schädel der Alten erblickte, mit dem grünen Kamm, den er für Dill hielt, worauf er mit ausgestreckter Hand ebenfalls zur Salzsäule erstarrte.

Im selben Moment versammelte sich vor dem Kiosk eine Menschenmenge, die nur aus Höflichkeit Lear nicht mit den Augen verschlang. Und da es in diesem Königreich nicht üblich war, sich ohne Grund zu versammeln, kauften sich die Leute massenweise Brötchen und gafften verstohlen Lear an.

Als die Königin die Hälfte des Weißbrots aufgegessen hatte, gab sie dem Verkäufer die andere Hälfte mit den Worten zurück: »Danke, mein Schatz, das können Sie wegräumen«.

Aus irgendeinem Grund verneigte sich der Verkäufer tief, tat aber so, als wäre sein Schnürsenkel aufgegangen. Ein Gefühl des Entzückens strömte durch seine Brust.

Die Königin indes, satt und frei, dachte an Prinzessin Alice: Die Kleine mußte im Palast unter Bewachung schmoren, und hier brodelte das Leben! Ich sollte sie anrufen, dachte die Königin, aber sie hatte noch nie mit dem Palast telefoniert, hatte überhaupt noch nie eine Nummer gewählt, das taten andere für sie.

So stand sie nachdenklich zwischen den mit herausquellenden Augen kauenden Menschen, seufzte, setzte die Perücke mit der Sonnenbrille wieder auf und verschwand im erstbesten Laden – die Geschäfte hatten es ihr angetan!

Diesmal war es ein High-Tech-Laden. Hier wurde alles verkauft, vom Computer bis zum Telefon, und das brauchte Lear ja gerade.

Ein Verkäufer war wieder nirgends zu sehen.

Lear ging an den Regalen entlang, nahm einige Geräte in die Hand, klapperte auf den Tasten herum, und plötzlich ertönte ein schreckliches Geheul. Von irgendwoher tauchte der Verkäufer auf, schaltete aus, was Lear angeschaltet hatte, und in die darauf folgende Stille sprach die Königin: »Seien Sie so gütig, mein Schatz... Ein Telefon...«

»Was für ein Telefon wünschen Madame denn?« fragte der Verkäufer, während er sich mit einer Serviette den Mund abwischte.

»Mit dem man anrufen kann«, sagte die Königin sanft.

Der Verkäufer begriff, daß er es mit einer selten dummen Kuh zu tun hatte. Aber der Junge ließ sich nicht aus der Ruhe bringen. So eine Kundin mußte man einfach übers Ohr hauen.

»Mit dem man anrufen kann?«

»Jawohl, den Königspalast.«

»Moment, Madame, wir haben gerade so eins reinbekommen.«

Und er eilte hinweg. Noch lange stand Lear vor der Tür, hinter der er verschwunden war. Die Regeln, die der Königin anerzogen worden waren, gestatteten ihr nicht, die Beherrschung zu verlieren, und deshalb stand sie die nächste halbe Stunde stramm wie ein Soldat auf Posten und lächelte huldvoll wie bei einer Parade. So etwas mußte sie täglich tun. Sie mußte warten, bis der Marsch der Kavallerie zu Ende war und das Orchester losspielte oder alle ihre Reden gehalten hatten und sie mit einer silbernen Schere das Band durchschneiden konnte.

In der Zwischenzeit versuchte der Verkäufer fieberhaft, die Nummer des Palastes herauszukriegen. Dann hätte er der verrückten Oma für eine Riesensumme jeden popligen Telefonapparat als den einzigen andrehen können, mit dem man den Palast anrufen konnte.

Über seine Cousine, die mit dem Sohn des Lieferanten vom Parlamentsbuffet verheiratet und darauf sehr stolz war, kam der Verkäufer schließlich an die Nummer des Palastes. Er versprach seiner Cousine dafür, ihren alten Computer für den Preis eines neuen in Zahlung zu nehmen.

Schweißgebadet von den vielen Telefongesprächen, kam er schließlich zurück. »Madame! Hier ist das Telefon, mit dem Sie im Palast anrufen können. Bitte!«

Und er wählte feierlich die Nummer.

»Hallo!« sprach Königin Lear bescheiden. »Sind Sie es, Wilhelm? Schätzchen, geben Sie mir das Gemach von Prinzessin Alice. Danke. Hallo, wer ist dran? Brunhilde? Gib mir das Kindchen. Unwichtig. Sie hat jeden Tag Unterricht. Hören Sie nun oder nicht, Brunhilde! Hallo. Bist du's? Alice, ich bin's! Hier auf der Straße ist es einfach toll. Komm her. Geben Sie mir Ihre Adresse«, sagte Lear zum Verkäufer. »Aha. Brötchenstraße 10. Sag's aber nicht weiter. Du gehst aus dem Palast, dann nach rechts, nach links, und da bin ich schon.«

Zehn Minuten verbrachte Lear im Laden und hörte sich höflich den Verkäufer an, der sie seiner Ansicht nach bereits überredet hatte, ein Telefon mit Pedalantrieb, ein Fischfanggerät für seichte Gewässer, eine Bambusmähmaschine, ein Nachtsichtgerät fürs Theater, einen Appettitanreger mit Fernbedienung und einen Heimverwerter von Jauche zu kaufen.

In der elften Minute war die Brötchenstraße von Sirenengeheul erfüllt, und ein Trupp motorisierter Infanterie stürmte den Laden. Die kluge alte Lear allerdings war beim ersten

Aufheulen der Sirenen auf die andere Straßenseite geflohen, die Perücke mit der Sonnenbrille hatte sie vernünftigerweise abgesetzt. In diesem Aufzug verbarg sie sich im Laden gegenüber und beobachtete durch das Schaufenster den Aufmarsch von Polizei, Journalisten und Kameramännern.

Alice kam in einer schwarzen Limousine von der Größe eines Volleyballfeldes angefahren, in Begleitung von den zwei Hofdamen Brunhilde und Kunigunde. Sie stürzten sogleich in den Laden, weil jede als erste die Königin fangen wollte, Alice aber hinkte nach. Das nutzte Lear aus und schrie wie wild von der anderen Straßenseite: »Alice, huhu!«

Alice drehte sich um – huhu, das war ihr Kampfruf, wenn sie auf dem Bett der Königin Versteck spielten – und ging gemessenen Schrittes zwischen Motorrädern, Panzerwagen und grünen Minnas über die Straße.

Die Oma zog das Mädchen in den Laden, in dem keine Menschenseele war. Durch Erfahrung gewitzt, wußte sie bereits, daß ein Verkäufer das faulste Tier im Stadtdschungel war und daß man es nur selten zu Gesicht bekam. Im Laden war also niemand, und die Königin und Alice standen ungestört da und beobachteten neugierig das Gedränge auf der Straße, die Landung einer Flotte Hubschrauber und die Ankunft eines Rudels Suchhunde. Die Fernsehfritzen hatten in Windeseile den restlichen freien Raum besetzt, darunter auch den kleinen Laden, in dem sich Lear mit ihrer Enkeltochter versteckt hielt. Der Kameramann war so unverschämt, Alice zu bitten, kurz das Kabel zu halten, der Großmutter drückte er eine schwere und schmutzige Kiste in die Hand, und als Polizisten in den Laden schauten, hielten sie Lear und Alice für niederes Bedienungspersonal, da der Kameramann gerade beide anschrie und Lear vorwarf, sie hätte ein Gerät zerstört, das

Millionen koste. Alice nämlich hatte es satt, das Kabel zu halten, und es auf den Boden fallen lassen, und die Großmutter war darüber hinweggestiegen, aber nicht vollständig, sie war mit dem Absatz ein wenig hängengeblieben usw. Die Kiste fiel zu Boden, war aber nur ein bißchen zerbrochen. Als der Kameramann sie hochhob, schepperte es in ihrem Innern melodisch wie in der alten Palastuhr.

»Wo ist der Bolzen hin, dumme Pute?« schrie der Kameramann. »Wo ist jetzt der Bolzen hin? Gebt mir den Bolzen wieder, blöde Zicken!«

Als die Polizisten dieses Geschrei hörten, entfernten sie sich diskret.

Was Lear betraf, so hatte sie noch nie so ein Wort wie »blöde Zicken« gehört und war kein bißchen beleidigt, sie sagte zu Alice: »Kindchen, ich glaube, die haben irgendeinen Bolzen von blöden Zicken verloren, wenn ich mich nicht irre.«

»Aber ich habe ihn nicht, Großmutter! Wenn ich mich nicht irre!« entgegnete Alice.

»Wo hast du ihn hin?« heulte der Kameramann.

»Du hast ihn doch nicht verschludert, wenn mich mein Gedächtnis nicht täuscht?« fragte die Großmutter ihre Enkelin. Und als diese den Kopf schüttelte, sagte sie sanft zum Kameramann: »Wenn ich mich nicht irre, mein Freund, hat sie den Bolzen der blöden Zicke nicht verschludert. Suchen Sie ihn woanders, mein Lieber.«

Auf das Geschrei des Kameramanns kroch schließlich die Verkäuferin hervor.

»Schätzchen«, sagte die Königin, »wir brauchen irgendeinen Ausgang. Hier ist alles von Polizei umstellt.«

Die Verkäuferin wandte sich schweigend um und ging los, die königliche Oma folgte mit ihrer Enkelin, und sie gelangten durch den Hintereingang auf die nächste Querstraße, die Kuhdamm hieß.

Es hatte den Anschein, daß die Verkäuferin am liebsten mit ihnen das Geschäft verlassen hätte, doch sie überwand sich und kehrte an ihren Arbeitsplatz zurück.

Die Prinzessin und Lear aber gingen den Kuhdamm hoch, immer der Nase nach, sie betrachteten die Passanten und Schaufenster, waren in drei Läden und zogen dort neue Klamotten an, niemand hielt sie zurück.

So schlenderten Lear und ihre Enkelin bis zum Abend den Damm hoch und runter. Was gibt es Angenehmeres als einen gemütlichen Ladenbummel!

Wobei die Oma als die Erfahrenere von beiden bei jedem Umkleideakt die Zauberkarte des Sohnes aus der alten in die neue Tasche steckte. Beachtlich!

Gegen sechs Uhr abends schritt die Enkelin mit einem gestreiften Matrosentrikot und langen Lederhosen auf Stöckelabsätzen aus dem Laden und hielt in den Händen eine lachende Puppe. Bei jedem Druck auf den Bauch brach die Puppe in wildes Gelächter aus, das eindeutig Schreck und Panik ausdrückte. Alice gefiel dieses furchterregende Lachen außerordentlich, so etwas hörte sie bei Hofe nie, und deshalb drückte die Prinzessin die Puppe beinahe jede Minute.

Was Lear angeht, so hatte diese ein nettes rotes Kostüm angezogen, und was sie früher nie gewagt hätte – es war ganz mit Gold verziert, hatte ein abgrundtiefes Dekolleté und einen sehr kurzen Rock! Die alte Lear fühlte sich wie ein Teenager, besonders als sie sich die strohblonde Lockenperücke über den Kopf stülpte, die Sonnenbrille aufsetzte und einen Cowboyhut mit Löchern!

Die Locken verdeckten Gesicht und Hals, und das war ein

zauberhaftes Gefühl. Die Königin schritt in ihren Samtstiefeln wie eine junge Ballerina einher, und neben ihr humpelte auf Stöckelabsätzen Alice die Vierzehnte mit einer wild lachenden Puppe im Arm. Das Paar war eine Augenweide!
Als sie allerdings ein Kaufhaus verlassen wollten, ging ein nervtötendes Geheul los: Die Sirene hatte sich eingeschaltet, das heißt das Signal, das immer losheult, wenn jemand nicht bezahlte Gegenstände aus dem Kaufhaus schmuggeln will, was Lear ja eigentlich ständig tat.
Der Kaufhausdetektiv allerdings machte keine Anstalten loszurennen. Verläßt du deinen Posten und jagst dem Dieb hinterher, räumen dir andere Diebe in der Zwischenzeit den ganzen Laden aus. Das war eine clevere, altbewährte Methode. Und so lächelte der Detektiv beiden Damen wissend zu, von denen eine, ganz mit goldenen Locken behangen, kreischende Lachtöne ausstieß und dabei tat, als ob sie sich ganz ruhig vorwärtsbewegte! Die andere malträtierte mit beiden Händen eine Puppe, als ob sie sie erwürgen wollte.
Der Wachmann jedoch hob bloß den Gummiknüppel und drohte beiden Diebinnen, und da erschrak Lear tatsächlich: »Alice, nichts wie weg, er hat uns erkannt und verabschiedet uns mit einem militärischen Gruß!«
Sie stürzten hinaus, rannten den Kuhdamm hoch, wobei sie die Passanten mit dem Schrei »O pardon, Schätzchen« beiseite schubsten.
Nach zwei Kilometern ging ihnen die Luft aus, und sie verlangsamten ihre Schritte.
Inzwischen war es dunkel geworden. In Lears Magen brummte wieder der Motor los, als ob ihn jemand warmlaufen lassen wollte, und bei Alice klingelte und fiepte es, und beide blieben selbstverständlich vor einem Pastetenverkäufer stehen.

Das war ein armer und erfolgloser Händler, der zum erstenmal mit einem Korb auf die Straße gegangen war. Seine Frau hatte die Pasteten mit allem möglichen Mist gefüllt, ihren Mann auf die Straße gejagt und einen Urteilsspruch über ihn verhängt: »Ohne einen Hunderter brauchst du gar nicht erst wiederkommen!«

Gefüllt hatte die Hausfrau ihre Ware übrigens mit gekochten Apfelschalen und halbrohen, grünen Kohlblättern, die die Menschen gewöhnlich in den Müll werfen.

Zurecht hielt sich der Verkäufer aus diesem Grund für einen unehrlichen Menschen. Denkt aber jemand von sich schlecht, dann ist er auch zu anderen unfreundlich, ein bekannter Effekt. Kurzum, der Verkäufer erblickte in allen Käufern Diebe und Betrüger und schrie laut und böse: »Wer möchte Pasteten mit Bio-Füllung? Kein Gramm Zucker (was die reine Wahrheit war), kein Tropfen Fett (auch nicht gelogen), Vollkornschrot (also Viehfutter)!«

Er schrie, und die Käufer, die von der Arbeit nach Hause eilten, griffen nach den heißen Pasteten, genierten sich aber, sie auf der Straße zu verspeisen, und nahmen sie mit nach Hause. In diesem Königreich war es nicht üblich, in Gegenwart Fremder zu essen: Möglicherweise steht ein Hungriger neben dir, der von deinem Schmatzen gequält werden könnte! In so einem Zustand kann man jemanden umbringen.

Kurzum, die betrogenen Käufer verschwanden in alle Himmelsrichtungen, die beiden Königinnen aber nahmen aus der Hand des Verkäufers die letzten, angeblich mit Kohl gefüllten Pasteten und bissen auf der Stelle hinein.

»Aber hallo!« sagte der Verkäufer. »Und mein Geld, Mädchen?«

»Alice«, bemerkte Lear, »findest du nicht, daß diese Pasteten

an ein gewisses Material für Töpfer erinnern? Ich weiß nicht mehr genau, ich glaube, es hieß roher Lehm.«
»Rohes ist nie heiß«, sagte der Verkäufer unwirsch. »Reich das Geld rüber, Oma.«
»Ich fürchte, Sie haben recht, Großmutter«, antwortete die Enkelin und zog einen feuchten Papierstrick aus dem Mund.
»Ich fürchte, wir müssen Ihnen das hier zurückgeben, Schätzchen«, sagte die Großmutter, indem sie mit Mühe ein Stück rohen Teigs von ihren wunderbaren Porzellanzähnen abkratzte. »Hier haben Sie. Das können Sie nach der Arbeit essen.«
Alice spuckte einfach das Stück Pastete mit Bindfaden auf die Straße.
Was den Verkäufer anging, so war er eingeschnappt und schrie mit schiefem Mund: »Ich rufe die Polizei!«
»Sie haben vollkommen recht«, sagte Lear, die mit Hilfe des Fingernagels Teigreste aus ihrem Gebiß pulte. Was sollte sie machen, sie war ja nicht bei Hofe! »Damit muß sich die Polizei befassen.«
Doch als unsere beiden Herumtreiberinnen sahen, wie der Händler in einer Telefonzelle verschwand, gaben sie Fersengeld und waren bald in den dunstigen Weiten des Kuhdamms untergetaucht.
Die Polizei kam eine Stunde später angefahren. Erinnern wir uns, daß alle Mitarbeiter dieser Behörde sich auf der Suche nach Lear in der Brötchenstraße 10 versammelt hatten.
Zu diesem Zeitpunkt war der Händler bereits von seiner Frau poliert worden, die gekommen war, um ihn zu kontrollieren, und entdeckt hatte, daß das Geld für zwei Pasteten fehlte. Er stand böse und beleidigt da mit seinem marmorierten Auge und erklärte den Polizisten, zwei Nutten hätten ihn überfallen und ausgeraubt, eine sei blutjung gewesen, mit Locken,

und hätte ein rotes Kostüm angehabt, das Gesicht habe er nicht gesehen. Die andere sei wohl eine Liliputanerin gewesen mit gestreiftem Matrosenanzug und Stöckelschuhen und habe die ganze Zeit wie eine Irre gelacht.
»Aha«, sagte der Polizist, »wir haben gerade einen Anruf vom Pelzgeschäft bekommen, ein Diebespaar hat auf dem Fußboden ein rotes Kostüm, Lederhosen und ein Matrosentrikot liegenlassen. Gibt es irgendwelche Spuren?«
»Hier sind Spuren«, sagte der Händler erfreut. »Sie haben mit meinen Pasteten rumgespuckt!«
Die Polizisten sammelten die Beweisstücke von der Straße auf, nahmen den Händler als Zeugen mit und flitzten zum Pelzgeschäft.
Lear und Alice aber waren schon über alle Berge, hatten beschlossen, ihren Bummel zu beenden, und saßen nun in einer Kneipe, um sich von ihren Abenteuern zu erholen.
Dort behaupteten sie, sie hätten großen Durst.
Doch man sollte wissen, wo man einkehrt!
Der Kellner brachte ihnen einen Bierkrug, was kann man sonst von einem Kellner in einer Kneipe erwarten.
Es sei erwähnt, daß die Damen bei Hofe niemals Bier bekamen!
Und deshalb kam es im weiteren zu großen Komplikationen. Großmutter und Enkelin stürzten sich auf das Bier, runzelten einmütig die Stirn, doch trauten sie sich nicht, den Kellner zu kränken, und beschwerten sich nicht: »Ihre Limonade schmeckt aber ein bißchen bitter, meinen Sie nicht!«
Die Damen tranken tapfer aus ihren Krügen, aßen Würstchen und sagten einstimmig: »Das gleiche noch mal.«
Der Kellner ging in die Küche, wobei er sich immer wieder nach ihnen umdrehte. Klar! Dem Aussehen nach waren beide

Japanerinnen im Kimono, mit schwarzlackierten Frisuren (Lear und Alice hatten in einer Transvestitenshow japanische Kostüme geklaut). Doch die Augen waren rund und blau. Merkwürdig!

»Würstchen noch mal!« rief der Kellner in die Küche und: »Diese Japanerinnen wissen nicht, wie Würstchen heißen und was Bier ist! Doch unsere Sprache beherrschen sie perfekt! Und höflich reden sie! Sagen zu mir ›Mein Lieber‹.«

»Japanerinnen!« entgegnete bedeutsam der Koch.

»Aber ihre Augen sind blau! Was es nicht alles gibt!« rief der Kellner.

»Die haben sich farbige Haftlinsen reingemacht«, vermutete der Koch. »In Japan gibt es so was.«

»Und die runden Augen«, sagte der Kellner, während er die heißen Würstchen entgegennahm.

»Ob sie sich eine plastische Operation haben machen lassen?« meinte der Koch. »Japaner sind zu allem fähig.«

»Du bist schlau«, sagte der Kellner, »daß ich nicht gleich darauf gekommen bin.«

Als er allerdings seinen beiden Gästen »das gleiche noch mal« brachte, ließen diese bereits ihre Köpfe hängen, wobei ihre Augen nun ganz japanisch waren, nämlich schmal.

Das ist ein Ding, dachte der Kellner. Jetzt haben sie Schlitzaugen!

Mit großer Mühe aßen Großmutter und Enkelin das zweite Paar Würstchen, wobei sie nicht immer gleich den Mund fanden. Die praktische Lear steckte allerdings den Rest ihres Würstchens für alle Fälle in die Tasche.

Die Polizisten traten in den Fernsehnachrichten mit der zu diesem Zeitpunkt bereits nicht mehr aktuellen Meldung auf, das Gebiet um den Kuhdamm würde von einem Diebespärchen in teuren Damenpelzen (Fuchs und Flamingo) unsicher gemacht, sie hätten eine ganze Menge auf dem Kerbholz, man nehme an, es handle sich um eine routinierte ausländische Gruppe, kolumbianische Rangerfrauen eventuell oder, o Graus, die russische Mafia.

Diese Mafia hatte diverse Diebstähle auf ihrem Konto: ein Motorrad, eine Lederjacke, eine weiße Jeans, eine Perücke, Stiefel und Sonnenbrille, dann ein Matrosentrikot, Lederhosen, ein rotes Kostüm und eine blonde Perücke, Hüte und außerdem zwei Pasteten mit einer Füllung aus gekochtem Bindfaden (die Experten hatten die Beweisstücke analysiert), dazu die Entführung von zwei Pelzmänteln und einer Puppe.

»Ein beispielloses Verbrechen«, verkündete der Polizist auf dem Bildschirm, »dafür gebührt den Dieben eine lebenslängliche Haftstrafe plus 45 Jahre Verbannung, dazu Entzug der Fahrerlaubnis wie auch der Erlaubnis, hinter Gittern im Fernsehen die königliche Familie zu sehen!«

Der Kellner, der es fertigbrachte, gleichzeitig zu bedienen und auf den Bildschirm zu sehen, stieß einen Schrei der Verwunderung aus und sagte zu den beiden Japanerinnen:

»Wird bei euch in Japan auch so geklaut?«

»Wie bitte?« fuhr Lear hoch, die schwer beeindruckt war vom Bier und verblüfft von der Fernsehsendung. Wurden sie und Alice etwa gesucht?

»Bei uns klauen sie wie die Raben«, sagte der Kellner. »In unserem Königreich.«

»Ich bin mir nicht ganz sicher, ob ich Sie recht verstanden habe«, schmetterte Lear den Kellner ab. »Bitte noch zwei davon. Die Audienz ist beendet, an die Arbeit, Schätzchen.«

»Ach, du japanisches Schlitzohr!« rief der Kellner mit einer Verbeugung aus. »Stets zu Diensten!«

Dieses Versprechen erfüllte er bald, da beide Japanerinnen den Kopf auf den Tisch legten und er sie zum Taxi führen und ins Hotel »Zwei Sterne« bringen mußte, wo für gewöhnlich die labilsten Gäste der Kneipe übernachteten.

Am nächsten Morgen wurde diesen Besuchern normalerweise die Rechnung überreicht – Bier, Taxi, Hotelzimmer, zerschlagenes Fensterglas, Arzt, Verbandsmaterial, Verbandsmaterial für den Doktor, Verbandsmaterial für den Nachtportier, Krankenwärterin mit Pistole, Uniform und Schirmmütze usw.

Der Kellner war sich ziemlich sicher, daß ihn die Japanerinnen nicht aufsitzen lassen würden, was das Geld betraf – aus der Kimonotasche der Alten ragte die Ecke der königlichen Kreditkarte heraus, so daß der Kellner höchstpersönlich seine Gäste ins Hotel begleitete und sich für sie das beste Zimmer geben ließ.

Am nächsten Morgen wachte Lear an einem merkwürdigen Ort auf: Es gab keine goldenen Spiegel, die Betten hatten keinen Baldachin, anstelle eines Teppichs lag ein farbloser Lumpen auf dem Boden... Keine einzige schlafende Hofdame, keine Bediensteten und kein Orchester hinter dem Wandschirm. Eine undefinierbare Kraft, doch auf keinen Fall die Krone, drückte ihren Kopf nach unten, im Mund hatte sie den Geschmack einer ungewaschenen Blechgabel.

Auf dem Nachbarbett schlief mit Perücke, Kimono und Schuhen die arme Alice.

Mein Gott, dachte Lear, wir sind im Gefängnis!

Sogleich erinnerte sie sich an alles, und ihr schwante, daß Alice und sie zu lebenslänglicher Haft verurteilt worden waren!

»Alice, steh auf!« heulte Lear mit scharfer Stimme. »Du bist verhaftet!«

Es wurde laut an die Tür geklopft.
»Scheint es dir nicht auch so, Alice, als ob sie uns zur Hinrichtung holen?« fuhr die stolze Königin fort. »Steh auf! Empfangen wir sie, wie es sich für Könige gebührt! Hinrichtungen finden immer im Morgengrauen statt! Und es ist noch ganz früh, erst elf!«
Alice sagte: »Oh, Großmutter, ich will nicht so früh aufstehen... Sie sollen mich im Liegen hinrichten...«
Ins Zimmer trat eine Tante mit Staubsauger: »Hallo! Gestatten Sie?«
»Sie sind bei mir nicht angemeldet«, sagte Lear.
»Ich möchte den Dreck wegmachen.«
»Machen Sie sich selbst weg, meine Liebe, und zwar sofort«, erklärte Lear.
Die Tante nickte, schaltete den Staubsauger an und raste mit Geheul und Geratter in der Gefängniszelle hin und her.
Als sie im Bad verschwand, dort das Wasser laufen ließ und mit der Bürste herumwummerte, rief Lear: »Wir müssen sofort fliehen! Sie hat vergessen, die Zelle abzuschließen!«
Sie sprangen augenblicklich auf den Hotelkorridor, fanden die Treppe und hüpften flink wie zwei Eichhörnchen nach unten, direkt vor die Glastür.
»Stehenbleiben!« schrie der Portier. »Stehenbleiben!«
Er schrie nicht ohne Grund, die Gäste hatten weder für die Übernachtung bezahlt noch für den zerschlagenen Spiegel. Der Portier war gerade dabei, mit rauchendem Kopf und viel Phantasie die Zahl der ramponierten Möbel und zerrissenen Handtücher auf die Rechnung zu setzen, seine Ohren waren feuerrot.
Doch Lear und Alice sprangen aus dem Hotel und gleich in einen soeben abfahrenden Bus.

Der Fahrer erblickte im Rückspiegel zwei Japanerinnen mit geröteten Gesichtern und wartete, daß sie zu ihm kämen, um Fahrkarten zu kaufen.

Sie traten tatsächlich keuchend an ihn heran, und die ältere sagte etwas altmodisch: »Tachchen, mein Herz! Melden Sie mir bitte, wo der Palast liegt!«

»Der Palast?« sagte der Mann nachdenklich, während er sein schweres Gefährt lenkte, »meinen Sie den Sportpalast?«

»Wenn ich mich nicht irre, nein«, sagte Lear höflich.

»Vielleicht den Hochzeitspalast?«

»Oh, ich glaube, nein«, antwortete Lear lächelnd.

»Vielleicht den Kulturpalast ›Pierre der Große‹?«

»Da bin ich mir nicht sicher, mein Lieber«, sagte Lear feierlich. »Ich fürchte, ich muß zum Königspalast.«

»Zum westlichen Klosterpalast etwa?«

»Ich fürchte, genau dorthin.«

»Und was wollen Sie da?« fragte der Fahrer belustigt.

»Ach, nichts besonderes«, entgegnete Lear lächelnd. »Können Sie uns nicht dorthin bringen, Kätzchen? Zum Eingang 14. Sie werden es nicht bereuen, mein Herz.«

»Eingang 14, das ist nicht meine Route«, sagte der Fahrer und lachte lauthals.

»Ich befehle es Ihnen«, sagte Lear mit drohender Stimme.

»Ausgeschlossen, Madame«, antwortete der Fahrer belustigt.

»Das werden Sie bereuen«, rief Königin Lear. Sie meinte damit, daß sie ihn nun nicht, wie ursprünglich geplant, mit dem Blaustrumpforden auszeichnen würde.

Da erinnerte sich die Alte an die Zauberkarte, von der sie sich niemals getrennt hatte. Vielleicht sollte sie sie dem Fahrer zeigen?

Lear griff in die Kimonotasche, wo, wie sich zeigte, aus unerfindlichen Gründen und völlig verschrumpelt ein Würstchenrest lag. Lear wurde verlegen und versuchte, am Würstchen vorbei die Karte herauszuangeln.

Aber für den Fahrer zeichneten sich in der Kimonotasche ganz deutlich die bedrohlichen Umrisse eines länglichen Gegenstands ab, der einer Revolvermündung sehr ähnlich sah.

Er war ein wachsamer Junge. Aus den Augenwinkeln beobachtete er die energische japanische Großmutter und die Revolvermündung und sagte: »Wohin fahren wir?«

»Eingang 14, wenn es bitte möglich ist. Gleich hinter dem Reiterstandbild meines Großvaters!«

Lear bekam plötzlich einen mörderischen Schreck. Seit geraumer Zeit boxte Alice sie in die Seite und forderte sie auf, sich umzudrehen: Hinter dem Bus fuhr ein Polizeiauto mit Blaulicht, und aus dem Fenster winkte der Hotelportier!

»Gut, Madame, regen Sie sich nicht so auf, Madame«, sagte der Busfahrer.

Die Großmutter nickte und schrie mit der Fistelstimme ihres berühmten Opas: »Schneller! So schnell, wie Sie können!«

Und mit noch größerer Ungeduld schüttelte sie die Tasche des Kimonos, in der sie die Karte suchte.

»Oh, regen Sie sich um Himmels willen nicht auf! Es ist nicht mehr weit!« heulte der Fahrer zitternd und schielte auf die sich unter der Kimonoseide bewegende ziemlich große Revolvermündung. »Gleich!«

Derweil fuhr das Polizeiauto im Strom des Verkehrs Slalom und setzte zum Überholen des Busses an.

»Schneller! Vorwärts, mein Junge!« kreischte die Königin.

Als Alice hörte, wie das Polizeiauto die Sirene einschaltete, klammerte sie sich an den Bauch ihrer Puppe, und ein unheimliches Gelächter übertönte alle anderen Geräusche.

Der arme Fahrer zog den Kopf ein: Die zweite Japanerin hinter seinem Rücken war zu allem Unglück auch noch verrückt, so wüst, wie sie lachte! Die war ja hysterisch! Die beiden würden ihn wie ein Karnickel abknallen!

Und der Fahrer handelte wie alle Menschen, die der Gefahr entrinnen wollen: Er raste wie eine gesengte Sau mit seinem Bus vorwärts. Er hupte und trompetete, und alle Autos vor ihm spritzten zur Seite.

Die Passagiere im Bus klammerten sich an ihre Sitze, einige legten sich sogar auf den Boden.

»Bravo, Schätzchen!« schrie Lear, das wilde Gelächter der Puppe, das Heulen der Sirene und das Hupen des Busses übertönend.

Ratternd wie eine Pferdekutsche, fuhr der Bus bei Rot über die Kreuzung und nahm Kurs auf die geöffneten Tore des Palastes.

An den Toren standen friedlich Gardesoldaten in Kupferhelmen mit Federbüscheln.

Beim Anblick des verrückten Busses begannen sie wie aufgeregte Hühner hin und her zu rennen, aber die Königin und Alice neigten ihre Köpfe und winkten zum Gruß.

Die Gardesoldaten blieben wie angewurzelt stehen.

»So, und jetzt nach rechts... Hier lang müssen wir, Teuerster«, sagte Lear gnädig.

Der Fahrer stoppte vor Eingang 14 und öffnete die Tür.

Die Königin fragte Alice: »Hat es dir gefallen, Kindchen?«

»Ich fürchte, ja«, antwortete Alice.

»Wollen wir irgendwann noch mal einen Ausflug machen, hm?« fragte Lear flüsternd, und Alice nickte unauffällig.

Der bleiche Busfahrer beobachtete, wie von allen Seiten Menschen in Uniformen, Wämsen, Röcken und Livreen auf die beiden Japanerinnen zugerannt kamen, wie aus Eingang 14 Damen mit Dekolletés und Schleppen herauspurzelten, wie sie einen Knicks machten, wie die Musikanten in ihre Hörner bliesen, wie Trommeln geschlagen wurden, wie das eine japanische Mädchen von zwei alten Tanten weggeführt wurde und wie die Tanten in Ohnmacht fielen von dem wilden Gelächter, das aus der Brust der anderen Japanerin drang, die eine Puppe an sich preßte...

»Ach, stimmt ja«, sagte Lear und kehrte zum Bus zurück. Dabei zog sie die nun überflüssig gewordene japanische Perücke vom Kopf und entblößte die Glatze mit dem Dillbeet, der Fahrer wurde puterrot, preßte sich noch tiefer in seinen Sitz und klammerte sich ans Lenkrad. »Ach, stimmt ja, dieser liebe Mensch bekommt den Orden ›Löwenmähne für die Errettung der Königin‹ und den Orden ›Katzenbarthaar für die Errettung der Prinzessin!‹ Notieren Sie, Wilhelm!« Und blickte dabei mit Habichtaugen zum Tor, wo gerade das Polizeiauto bremste.

DAS BILD DES GROSSVATERS

Ein kleines Mädchen hatte über seinem Bett ein Bild hängen, auf dem Sonne, Gras, Wald und Blumen abgebildet waren.

Im tiefsten Winter, wenn der Frühling noch in weiter Ferne war, schaute es vor dem Einschlafen auf dieses Bild und träumte vom Sommer.

Eines Abends aber, das Mädchen lag bereits im Bett und freute sich im Halbschlaf über sein geliebtes Bild, hörte es plötzlich, wie jemand weinte.

Es rannte, wie es war, nämlich im Schlafanzug, ins Wohnzimmer, wo beim Schein einer einzigen Kerze die ganze Familie saß: Mama weinte, Papa rauchte, die Großmutter lag mit einem feuchten Tuch auf der Stirn auf dem Sofa.

Auf einem kleinen Tisch stand ein kleines Radio, und im Radio sagte jemand, für das Land brächen schwere Zeiten an, die Menschen müßten sich darauf vorbereiten, zu sparen, zu sparen und nochmals zu sparen. Über ihrem Territorium schwebe eine Wolke von undurchdringlicher Beschaffenheit, die Sonne würde nie wieder scheinen. Ewiger Winter würde ausbrechen, Winter und nochmals Winter. Man müsse sich auf eine sparsame Heizung einstellen, denn die Wälder würden nicht mehr wachsen und die Flüsse bis auf den letzten zufrieren. Zu diesen Erkenntnissen seien die Gelehrten gekommen.

Die Erwachsenen entdeckten das Mädchen, die Großmutter nahm es auf den Arm und brachte es zurück ins Bett.

»Großmutter«, sagte das Mädchen, »was ist passiert?«

»Mal mußte es ja so kommen«, antwortete die Großmutter griesgrämig. »Wenn man die ganze Zeit lügt, sich verstellt, hinter dem Rücken anderer Gemeinheiten sagt, alle haßt und alle beneidet, wenn man nicht mal seinen Freunden den kleinsten Erfolg gönnt, dann ist das noch eine geringe Strafe für uns alle.«

»Und was wird jetzt?« fragte das Mädchen.

»Die Menschen können einem leid tun, besonders die Alten und Kinder, sie sind schwach, sie tragen keine Verantwortung für das, was sie tun. Doch nun müssen auch sie leiden.«

»Beneiden wir auch jemanden?«

»Wer ist ohne Sünde? In unserer Familie gab es auch Neider. Oho...«

»In unserer Familie?« fragte das Mädchen.

»Jawohl. Meinem Großvater, dem Maler, hat einmal ein Zauberer prophezeit, er werde ewig leben. Diese Prophezeiung war nicht ganz eindeutig – wird er nie sterben, oder wird er ewig in seinen Bildern und im Gedächtnis der Menschen weiterleben. Und stell dir vor, gleich fand sich ein neidischer Verwandter, ein entfernter Neffe, der sagte, im Gedächtnis der Menschen könne auch ein großer Räuber weiterleben, das sei keine Kunst.«

»Wie hat er das gemeint?« fragte das Mädchen.

»Wie? Einer ermordet grausam eine Million Menschen und ist ewig berühmt.«

»Geht denn das?« fragte das Mädchen.

»Es geht. Einer kann auch vierzig Millionen liquidieren«, sagte die Großmutter seufzend. »So was gab's. Es gab sogar Todesfabriken.«

Das Mädchen schwieg und stellte keine Fragen mehr. Wenn du zusammengeringelt in deinem gemütlichen Bett liegst und neben dir die geliebte Großmutter sitzt, dann möchtest du die Augen schließen und an nichts denken.

Die Großmutter indes fuhr in ihrer Erzählung fort: »Und unser Neffe sagte: ›Sich aber selbst aufopfern, dazu anonym, insgeheim – das heißt ewig leben. Doch dazu sind nur wahrhaft große Seelen in der Lage.‹«

»Was heißt das, sich selbst aufzuopfern?« fragte das Mädchen. Es verstand nur wenig von der seltsamen Erzählung der Großmutter.

»Das hat ihn auch unser Großvater gefragt: ›Wie kann ich mich selbst aufopfern? Muß ich mich etwa von einem hohen Felsen stürzen? Wem nützt so was?‹«

»Und was hat der Neffe gesagt?«

»Er hat gesagt, er wisse es nicht. Aber daß es unter uns Menschen gibt, die leise, und ohne es jemandem mitzuteilen, ihr Leben für andere opfern. Und er hat Tante Wawa genannt. Tante Wawa ist eine uralte Frau, einsam und vergessen. Alle haben sich damals erinnert, daß sie tatsächlich immer am Bett von Gelähmten und einsamen alten Leuten gewacht hat. Und dieser entfernte Neffe sagte noch, solche Menschen könnten das Land vor dem Ewigen Winter retten.«

»Und wo ist jetzt unser Großvater?«

»Er ist schon tot. Die Prophezeiung hat sich übrigens nicht erfüllt, er wurde kein großer Maler, er hatte eine riesige Familie, meine Tanten und Onkel, und die mußte er ernähren.«

»Mit dem Löffel füttern?« fragte das Mädchen. »Wollten sie nicht essen?«
»Nein«, entgegnete die Großmutter lachend. »Das war es ja, daß sie essen und trinken und neue Kleider wollten. Sie baten Großvater immer um Geld. Und er hat es ihnen gegeben. So etwas nennt man ›ernähren‹.«
Das Mädchen schlief schon fast, sagte aber noch: »Und weiter?«
»Schlaf ein, ich erzähle dir unser Familienmärchen. Also, der Großvater malte nicht mehr nur für sich selbst, sondern auch Porträts auf Bestellung, dafür bekam er Geld. Wahrscheinlich hatte er wirklich Talent.«
»Talent?« fragte das Mädchen schon im Schlaf.
»Ja. Die Leute gaben ihm kleine Paßfotos, und danach malte er große Porträts auf Porzellanteller, die er dann im Ofen brannte, und die Porträts leben ewig. Sie sahen den Fotos sehr ähnlich und waren sehr schön. Er hatte Mitleid mit den Menschen und gab sich Mühe, daß sie auf seinen Bildern besser aussahen als in Wirklichkeit. Auf unserem Friedhof kannst du ein ganzes Museum davon sehen. Wir beide gehen mal hin, wenn es wieder wärmer ist. Das heißt, wärmer wird es ja jetzt nicht mehr...«
»Mach dir keine Sorgen, mir ist warm genug«, beruhigte das Mädchen die Großmutter und öffnete die Augen.
»Das ist gut. Also weiter. Mein Großvater hatte keine Zeit mehr, das zu malen, was er wollte. Nur einmal noch, er war schon sehr alt, da hatte ihn sein ältester Sohn gekränkt.«
»Warum?«
»Sein ältester Sohn hatte vorgeschlagen, der Großvater soll in ein Altersheim ziehen, alle Kinder seien aus dem Haus und keiner könne sich um ihn kümmern.«

»Wohin? In was für ein Heim?«

»In ein Altersheim. Das ist ein Heim, wo man sich um alte Leute kümmert, wo man sie mit dem Löffel füttert.«

»Ich will nicht mit dem Löffel gefüttert werden, verstanden, Oma!«

»Siehst du, das hat unser Großvater auch gesagt: ›Ich kann mich sehr gut um mich selbst kümmern, ich brauche euch nicht‹, und er jagte diesen Sohn schimpfend hinaus. Dann schloß er sich für einen Monat in seinem Haus ein und ging auch nicht ans Telefon. Seine Kinder bezogen auf der gegenüberliegenden Straßenseite Posten, sie kamen abwechselnd nachsehen, ob noch Licht brannte. Einen ganzen Monat standen sie Wache und waren sehr beunruhigt. Dann sahen sie, daß er im Keller malte, dort lag sein Atelier. Denn die guten Zimmer waren immer von den Kindern besetzt gewesen, und er war daran gewöhnt, im düsteren Keller zu leben und zu arbeiten. Dort, im Keller, hat er auch sein Lieblingsbild mit der Sonne, den Blumen und dem Wald gemalt... Dann trat er aus der Tür und starb.«

»Großmutter, hat der Neffe nicht gesagt, wie wir uns vor dem Ewigen Winter retten können?«

»Er hat gesagt, wenn sich eine reine Seele findet, die sich opfert oder ihr Lebenswerk, dann besteht noch Hoffnung. Aber ringsum sei keiner, der auch nur eine Kopeke für seinen Nachbarn opfere!«

»Und was ist das, ein Lebenswerk?« fragte das Mädchen.

»Na, das beste Bild zum Beispiel oder ein Buch, das man selbst geschrieben hat. Oder ein Haus, das man mit seinen eigenen Händen gebaut hat...«

»Und niemand wollte das tun?«

»Nun, damals war der Ewige Winter noch keine Gefahr, das

heißt, er war schon eine, aber irgendwann in weiter Ferne... Schlaf also, mein Schatz, und denke vor allem an dich selbst, vielleicht gelingt es uns irgendwie, aus diesem dreimal verfluchten Land in wärmere Gegenden zu fahren...«

»Und wohin?« fragte das Mädchen mit Tränen in den Augen. Ihm tat Großmutters Großvater leid.

»Na, zum Beispiel nach Afrika«, antwortete die Großmutter nachdenklich. »Obwohl, dort ist auch nicht alles gut. Eine entfernte Großmutter von mir hat mal in Afrika gelebt, sie war mit einem afrikanischen König verheiratet.«

»Toll! Das will ich auch! War sie eine Königin?«

»Zuerst nicht. Zuerst hat sie mit ihm zusammen an der Universität studiert, dann hat er ihr verraten, daß er König sei und ein Königreich im Dschungel besitze. Und sie beschloß, Königin zu werden und ihn zu heiraten. Sie hat uns aus Afrika Briefe geschrieben, daß sie in der zentralen Hütte des Reiches wohne und sich alle vor ihr verbeugten und ihr in Körben Erdnüsse und süße Kartoffeln brächten, sie brauche das alles nur sauberzumachen und auf dem Feuer zu backen. Sie müsse kein Geschirr spülen, denn es gebe keins. Auch mit der großen Wäsche habe sie keine Probleme. Einen neuen Rock könne sie sich aus Palmblättern machen, den alten werfe sie einfach ins Feuer.«

»Toll!« sagte das Mädchen, das wieder hellwach war.

»Wir waren stolz, daß wir eine Königsfamilie waren.«

»Wir sind eine Königsfamilie?« flüsterte das Mädchen.

»Warte. Also: Wir nannten sie ›unsere Königin‹, doch dann stellte sich heraus, daß sie die hundertfünfzigste Frau des Königs war, und einen Monat später ließ er sich die hunderteinundfünfzigste aus China kommen. Und außerdem stellte sich heraus, daß die gesamte Stadt, alle Hütten, die gesamte Bevölkerung, auch Frauen von ihm waren und die Eltern seiner Frauen und die Großeltern seiner Frauen und die Kinder. Mit einem Wort – Königshausen. Deshalb floh meine entfernte Tante mit dem erstbesten Chauffeur, doch den legte sie herein und ließ sich auf einem Schiff, das nach Alaska ging, anheuern. Von dort fuhr sie in die Tundra, um Rentiere zu hüten. Sie hatte von der Hitze die Nase voll.«

»Alaska, wo liegt das?«

»Ganz oben im Norden! Dorthin könnten wir übrigens auch ziehen, da ist schon von jeher ewiger Winter, und die Menschen leben hervorragend. Hier sitzen wir in unserem eigenen Dreck«, seufzte die Großmutter. »Hier will niemand was hergeben, nicht mal geborgt!«

»Großmutter, wollte denn dein Großvater nicht eines seiner Bilder hergeben, damit der Ewige Winter nicht kommt?« fragte das Mädchen.

»Um ehrlich zu sein, er hat nur ein einziges richtiges Bild gemalt, das hier, das über deinem Bett hängt. Wie kann der Mensch das einzige, was er hat, hergeben?«

»Das geht wohl nicht?« fragte das Mädchen verwundert.

»Verstehst du, er sagte sich, daß er in diesem Bild ewig leben werde. Er hätte es niemandem und um nichts auf der Welt geschenkt. Er sagte, sogar wenn der Ewige Winter kommt, ist auf dieser Leinwand Sommer. Die Menschen lernen die Sonne und den Wald nur durch sein Bild kennen. Besonders wenn sich der Ewige Winter über die ganze Welt ausbreitet und es keine Elektrizität und kein Fernsehen mehr gibt.«

»Wird das kommen?«

»Natürlich!« rief die Großmutter. »Der Ewige Winter ist ansteckend wie eine Krankheit. Die Wolke wächst und wächst und verdeckt die ganze Erde!«

»Wie schrecklich«, meinte das Mädchen.

»Na, dich berührt das noch nicht, die Wolke wächst nur langsam. Vielleicht werden erst deine Kinder den Sommer nicht mehr erleben... Oder erst deine Enkelkinder... Leg dich also hin und schlaf ruhig ein, wir können ja nach Afrika fahren. Ich heirate dort einen König und ernähre euch alle!«

Die Großmutter lachte traurig.

Das Mädchen aber stellte sich schlafend.

Als die Großmutter fort war, stand es auf und ging durch dichte Finsternis in den Keller.

Es hatte große Angst vor Dunkelheit und Kälte, aber für das, was es sich ausgedacht hatte, war es geradezu notwendig, daß es dunkel und kalt war.

Das Mädchen ging, am ganzen Leibe zitternd, durch den Keller, blieb in der Mitte des schwarzen Raums stehen und sagte: »Großvater! Ich weiß, du lebst ewig in deinem Bild! Ich weiß, du hörst mich. Großvater! Ich habe kein Lebenswerk, ich habe nur mein Leben! Ich kann es ruhig hergeben. Allen soll die Sonne scheinen!«

Dann legte es sich auf den kalten Steinfußboden. Oft hatte es gehört, wenn man sich auf kalten Stein legt, wird man krank und stirbt.

Es legte sich zitternd auf den Rücken.

Plötzlich sah es einen fahlen Lichtschein, als ob die Wand einen Spalt auseinanderklaffte.

Da sprang das Mädchen auf, ging zu diesem Lichtstreif, streckte seine Hand nach ihm aus – und ein kleines Fenster öffnete sich.

Draußen war ein sonniger Tag, das Gras grünte, die Blumen bewegten sich im Wind, in der Ferne stand schwarz der Wald – alles genauso wie auf dem Bild über seinem Bett.

Das Mädchen kletterte aus dem Fenster und sprang in den Sommertag.

Es begriff gleich, daß es im Paradies war, und das Paradies gefiel ihm sehr, sehr gut, zumal dort sein Elternhaus stand.

Das Mädchen rannte um das Haus herum und sah Großmutter, Vater und Mutter vor der Tür stehen.

Die Großmutter trug einen Korb mit Erdbeeren, die Mutter hielt eine Hacke in der Hand, und der Vater stützte sich aufs Fahrrad.

»Mama, Großmutter, Papa, wir sind im Paradies!« rief das Mädchen.

»Oh, wie konntest du nur das Bett verlassen, die Ärzte haben dir verboten aufzustehen!« rief die Großmutter. »Los, ab ins Haus!«

Die Großmutter führte das Mädchen in sein Zimmer und legte es ins Bett.

Im Zimmer gab es etwas Neues – das Bild des Großvaters war von der Wand verschwunden.

»Oma, wo ist das Bild?« rief das Mädchen.

Die Großmutter, die das Mädchen zudeckte, entgegnete: »Weißt du, vor einem halben Jahr haben wir dich halb tot auf dem Kellerfußboden gefunden, du warst schon ganz starr. An diesem Tag war im ganzen Land die Heizung abgeschaltet. Erst am Morgen habe ich dich gefunden – wir hatten die ganze Nacht im Wohnzimmer Radio gehört und geglaubt, du schläfst.«

»Vor einem halben Jahr?«

»Jawohl, du warst ein halbes Jahr krank! Wir haben jetzt Juni, damals war Dezember!«

»Ich war nicht eine Sekunde krank!« sagte das Mädchen.

»Du warst ohne Besinnung. Als du beinahe gestorben wärst,

ist das Bild des Großvaters von der Wand gefallen. Es zersprang in winzige Staubteilchen – nicht mal der Rahmen ist übriggeblieben, den der Großvater selbst gemacht hat. Und du bist ganz fest eingeschlafen und hast ruhig geatmet, und ich bin auch zum erstenmal ruhig eingeschlafen…«

»Großmutter, also hat Großvater doch sein Lebenswerk geopfert«, sagte das Mädchen ernst. »Und er hat alle vor dem Ewigen Winter gerettet.«

»Rede keinen Unsinn«, entgegnete die Großmutter unwirsch. »Genau in dem Augenblick, in dem das Bild von der Wand fiel, haben die Wissenschaftler im Radio ohnehin gesagt, der Ewige Winter sei ein Rechenfehler gewesen, so etwas könne es überhaupt nicht geben. Und an diesem Tag begann der Frühling, und dir wurde besser. Außerdem ist unser Großvater schon lange tot und kann gar nichts mehr opfern…«

»Er hat doch aber gesagt, daß er ewig in seinem Bild lebt.«

Die Großmutter entgegnete: »Eigentlich war er ja ein ungewöhnlicher Mensch, unser Großvater…«

An der Stelle, wo das Bild gehangen hatte, huschten Sonnenflecke hin und her und bewegten sich Schatten von grünen Blättern auf und ab. Es war, als lebe die Wand und atme und lache.

HINTER DER WAND

Ein Mann lag im Krankenhaus, er befand sich bereits auf dem Weg der Besserung, fühlte sich aber noch schlapp, besonders in der Nacht.
Um so mehr störte es ihn, daß hinter der Wand sich jemand unterhielt, ein Mann und eine Frau.
Meist sprach die Frau, sie hatte eine sanfte, zärtliche Stimme, der Mann redete selten, ab und zu hustete er.
Diese Gespräche ließen unseren Kranken nicht schlafen, oft ging er in aller Herrgottsfrühe aus dem Krankenzimmer, saß im Korridor und las Zeitung.
Weder am Tag noch in der Nacht verstummte das Gespräch hinter der Wand, unser Genesender dachte schon, er sei verrückt, zumal nie jemand aus diesem Krankenzimmer kam.
Jedenfalls war die Tür immer fest verschlossen.
Der Kranke genierte sich, den Lärm zu beanstanden, er sagte nur, er schlafe schlecht, und der behandelnde Arzt entgegnete: »Macht nichts, bald sind Sie gesund, zu Hause wird es besser.«
Es sei erwähnt, daß den Kranken zu Hause niemand erwartete, seine Eltern waren schon lange tot, von seiner Frau hatte er sich getrennt, das einzige Lebewesen im Haus war ein Kater, den jetzt die Nachbarn zu sich genommen hatten.

Der Kranke genas langsam, stopfte sich die Ohren zu, aber durch den Pfropfen hörte er das Reden immer noch – die leise Frauenstimme und manchmal das Husten und zwei, drei Worte des Mannes.

Der Kranke sagte sich: Wenn er wirklich schlafen wolle, dann könne er das unter beliebigen Umständen, es seien einfach die Nerven, die ihm einen Streich spielten.

Eines Abends horchte unser Kranker plötzlich auf: Das Gespräch hinter der Wand war verstummt.

Aber die Ruhe hielt nicht lange an.

Er vernahm die bekannten Schritte der Schwester, dann fiel etwas dumpf zu Boden, Leute rannten herbei und murmelten etwas, Stühle wurden gerückt, kurzum, an Schlaf war überhaupt nicht zu denken!

Der Kranke hatte keine Kraft mehr, im Bett liegenzubleiben, und er ging in den Korridor hinaus.

Dort sah er, daß die Tür zum Nachbarzimmer gegen jede Gewohnheit sperrangelweit offenstand. Im Zimmer befanden sich einige Ärzte: Einer beugte sich über das Bett, wo auf dem Kopfkissen das bleiche Profil eines schlafenden Mannes zu sehen war, die anderen hockten neben einer am Boden liegenden Frau, und die Krankenschwester rannte mit einer Spritze über den Korridor.

Unser Kranker – er hieß Alexander – ging beunruhigt an der offenstehenden Tür vorbei, irgend etwas zog ihn zu diesen zwei Menschen, die beide gleichermaßen ruhig zu schlafen schienen, nur mit dem kleinen Unterschied, daß der Mann im Bett lag und die Frau auf dem Boden.

Es war ihm peinlich, an der Tür stehenzubleiben, und so stellte er sich an ein Fenster in der Nähe und beobachtete das Hin und Her.

Eine leere Trage wurde ins Zimmer gefahren, dann fuhr die Trage langsam und beladen zurück in den Korridor, auf ihr lag die Frau, und unser Kranker konnte kurz ihr schlafendes Gesicht erblicken, das ruhig und wunderschön war.

Und es war, als träfe ihn hier, im Krankenhausflur, etwas mitten ins Herz, während das fremde Frauengesicht auf dem flachen Kissen an ihm vorbeiglitt.

Traurig, bleich, naiv, hoffnungslos ruhig, so verschwand es hinter dem Rücken des Pflegers, dann schloß sich die Tür des Aufzugs, und alles war vorbei.

Erst da wurde Alexander bewußt, daß der Körper der Frau sehr groß und unförmig ausgesehen hatte, als wäre er angeschwollen, die Socken an ihren Füßen hatten leblos herabgehangen – er dachte, daß es in der Natur keine vollkommenen menschlichen Geschöpfe gebe, und er bemitleidete diese dicke Dame mit dem hübschen Gesichtchen von ganzem Herzen.

Dann wiederholte sich die Aktion mit der Trage, aber diesmal fuhr man den Körper eines von Kopf bis Fuß zugedeckten Menschen vorbei.

Und Alexander begriff, daß dies der Tote aus dem Nachbarzimmer war.

Unser Kranker, seiner Natur nach ein schweigsamer Mensch, fragte die Krankenschwester, die am Morgen zum Fiebermessen kam, nach nichts.

Alexander lag im Bett und dachte, daß von nun an völlige Stille herrschen würde, doch wieder konnte er nicht schlafen. In den vergangenen Wochen hatte er sich an die Stimmen der zwei Liebenden hinter der Wand, offenbar Mann und Frau, gewöhnt. Wie er jetzt merkte, war es ihm angenehm gewesen, die sanften, zärtlichen Worte der Frau zu hören, die ihn an seine Mutter erinnerten, wenn sie ihm in der Kindheit über den Kopf strich.

Seinetwegen hätten sie sich immer weiter unterhalten können, dachte der unglückliche Alexander, jetzt herrschte hinter der Wand solch eine Grabesstille, daß seine Ohren dröhnten.

Am nächsten Morgen, als die Schwester hinausgegangen war, vernahm er im Nachbarzimmer zwei harte, schrille Stimmen, etwas klapperte, klopfte, fuhr hin und her.

»Nun haben sie's geschafft«, preßte eine Frau angestrengt hervor.

»Ich weiß von nichts«, rief eine andere, »ich hatte frei, ich war bei meinem Bruder auf dem Land! So was Geiziges! Und das nennt sich Bruder! Sie haben mir nur Kartoffeln vorgesetzt, das war alles!«

»Da siehst du's«, quakte die andere, während sie etwas aufzuheben und an seinen Platz zu stellen schien. »Er hat sie betrogen, dieser Wunderheiler aus Tibet.«

»Ich weiß von nichts«, entgegnete die andere.

»Dieser Wunderheiler hat ihr doch so viel versprochen, wenn sie ihm nur alles gibt, was sie hat«, rief die erste von irgendwo unten, offenbar war sie unter das Bett gekrochen.

Alexander konnte ihre Worte ganz klar verstehen.

»Alles?«

»Na.«

»Was heißt alles?«

»Sie soll ihre Wohnung und alle Sachen verkauft haben«, sagte die erste, die offenbar gerade unter dem Bett hervorkroch, sehr deutlich.

»Dumme Kuh!« rief die zweite.

»Ich weiß es, weil die Schwestern ihr was abgekauft haben, einen Kühlschrank und einen Mantel und alles mögliche, ganz billig. Sie hat nicht einmal einen bestimmten Preis verlangt: ›Was Sie geben, das nehme ich‹, hat sie gesagt.«

»Und was hast du gekauft?«

»Ich hatte an dem Tag Nachtdienst, es war schon alles weg.«

»Und wo war ich?« rief die zweite.

»Du hattest frei, das hast du davon!« sagte die erste dumpf. Alexander schien es, als hätte sie sich einen Lappen in den Mund gesteckt, aber offenbar war sie bloß wieder unter das Bett gekrochen. »Und dieser Arzt, dieser Zauberer, hatte ihr Besserung versprochen. Das heißt, er hat gesagt: ›Alles wird ein gutes Ende nehmen.‹ Und nun ist das Ende da.«

»Klar«, rief die zweite scharf. »Unsere Ärzte haben gleich gesagt, daß er nur noch zwei Wochen hat, da hat sie offenbar einen Zauberer gesucht. Hat ihm alles gegeben, und der Mann ist trotzdem gestorben. Und sie erwartet auch noch ein Kind.«

»Ach«, antwortete die erste schnaufend, offenbar immer noch unter dem Bett. »Sie steht doch mit einem Bein im Grab, sie ist bewußtlos. Ob sie überhaupt das Kind zur Welt bringt oder nicht, ob sie überlebt oder nicht, das weiß keiner. Sie liegt im zweiten Stock, auf der Intensivstation.«

»Was hast du denn unterm Bett gefunden?« rief die zweite.

»Jemand hat ein paar Münzen verloren«, brummte die erste, während sie hervorkroch.

»Wieviel?« fragte die zweite neugierig.

Die erste antwortete nicht und ließ das Geld klimpernd in ihre Kitteltasche fallen.

Die zweite fuhr mit galliger Stimme fort: »Ich hatte immer Hemmungen, in ihr Zimmer zu gehen, immer hab ich gedacht, warum freut die sich so? Selbst schwanger, der Mann todkrank, wie soll das enden?«

Die erste sagte belehrend: »Sie hat alles hergegeben und gedacht, das hilft. Jetzt hat sie nichts mehr. Vielleicht hat sie gedacht, wenn ihr Mann stirbt, braucht sie nichts mehr?«

»So eine dumme Kuh«, rief die zweite. »Na, und dieser Wunderheiler? Dieser Zauberer?«

»Er hat das Geld genommen und gesagt, daß er nach Tibet fährt und für sie betet.«

Alexander kam zu dem Schluß, daß seine früheren Nachbarn sehr leise gesprochen haben mußten, weil er damals kein einziges Wort verstanden hatte.

Dann begannen die beiden Putzfrauen das unsägliche Verhalten einer Essensausgeberin durchzuhecheln (kleine Portionen, will den Pflegern nichts geben, trägt eine Perücke, und das in ihrem Alter), werkelten noch ein bißchen herum und verschwanden dann.

Alexander aber wurde und wurde nicht gesund, sein Herz stotterte.

Er mußte noch eine Weile im Krankenhaus bleiben.

Eine Woche später kamen zwei Pflegerinnen mit einem Bündel Geldscheinen und einer Liste zu ihm. Sie sammelten für eine bettelarme Frau, die ihrem Neugeborenen eine Ausstattung kaufen mußte, sagten sie.

Die Pflegerinnen waren sehr freundlich und genierten sich sogar. Sie deuteten an, daß es sich um »die« aus dem Nachbarzimmer handle.

Alexander gab ihnen alles, was er bei sich hatte, unterschrieb auf der Liste und wurde etwas heiterer: Erstens hatte er eine hohe Summe gespendet, und zweitens, wenn die Frau ihr Kind gekriegt hatte, war doch wohl alles gut ausgegangen.

Seiner Gewohnheit nach fragte er nichts, aber sein Zustand verbesserte sich deutlich.

Alexander war glücklicherweise kein armer Mensch, nur die Krankheit war ihm auf dem Weg zu noch größerem Reichtum in die Quere gekommen; er liebte das Geld und verschleuderte es nicht für Kleinkram, das Geschäft lief glänzend. Er schaffte es sogar, seinen Angestellten aus dem Krankenhaus Anweisungen zu geben.

Krank war er aus heiterem Himmel geworden, eines Nachts. Er war zu Fuß von der Metro nach Hause gegangen, leicht beschwipst, er hatte mit Freunden im Restaurant zu Abend gegessen. In der Nähe seines Hauses hatte er einen schmutzigen, verheulten Jungen von etwa zehn Jahren getroffen, der ihn fragte, wie man zur Metro gelange.

»Die Metro ist dort, aber sie ist schon geschlossen.«

Auf der Straße war es kalt, der Junge zitterte.

Alexander kannte solche Leute – sie stellten sich hungrig, frierend, klein und hilflos, und wenn man sie nach Hause mitnahm, wusch, verpflegte und ihnen ein Bett gab, verschwanden sie morgens und nahmen alles mit, was nicht niet- und nagelfest war, oder, was noch schlimmer war, sie blieben, und eines Tages kamen noch irgendwelche verdächtigen Verwandten dazu. Solche Gäste mußte man schließlich vor die Tür setzen, aber Vagabunden kennen keine Scham, sooft man sie auch rausjagt, sie kommen immer wieder, wenn schon mal ein Pfad ausgetreten ist, sie klopfen an die Tür, schreien, weinen und bitten um Wärme, und dann wird es sehr unangenehm, denn wer will schon als geiziger und herzloser Mensch dastehen.

Kurz, Alexander hatte so etwas schon einmal erlebt, und er schlug dem Jungen spöttisch vor, ihn zur nächsten Milizstation zu bringen, wenn er sich verlaufen habe und nicht nach Hause zurückfinde.

Der Junge lehnte natürlich ab, er wich sogar zurück: »Jaja, und die bringen mich dann nach Hause.«

Kurz, bei diesem Jungen war der Fall klar, und Alexander riet ihm, sich in einem warmen Haus zu verkriechen, um nicht zu erfrieren – der kostenlose Rat eines satten und zufriedenen Erwachsenen an einen kleinen, häßlichen Schlucker.

Damit trennten sich beide, der Junge stromerte zitternd durch die nächtliche Stadt, Alexander aber ging nach Hause, nahm eine heiße Dusche, schaute in den Kühlschrank, aß kaltes Fleisch und Obst, trank guten Wein und ging gutgelaunt zu Bett, um in der Nacht mit unerträglichen Herzschmerzen aufzuwachen, so daß er den Notarzt rufen mußte.

Dem Arzt im Krankenhaus versuchte er zu erklären, er habe Jesus Christus getroffen und ihn wieder einmal verraten, aber der Arzt holte einen anderen Arzt, und der Kranke hörte sie wie durch einen Nebelschleier sagen, er sei ganz offensichtlich verwirrt.

Er versuchte zu widersprechen, aber man gab ihm eine Spritze, und die langen Krankenhaustage begannen.

Jetzt, da er all sein Geld hingegeben hatte, war ihm wohler.

Die vergangenen Wochen hatte er immerzu an den Mann denken müssen, den man unter dem Laken weggefahren hatte und der so standhaft, ohne zu klagen, gestorben war.

Alexander erinnerte sich an seine ruhige Stimme.

Mit solch einer Stimme sagt man: Es ist alles in Ordnung, mach dir keine Sorgen, reg dich nicht auf.

Aber möglicherweise hatten die beiden auch nie von der Krankheit gesprochen, sondern über andere Dinge, über die Zukunft.

Und sie hatte sich tatsächlich nicht aufgeregt, sie hatte so freudig und glücklich mit ihrem Mann gesprochen, vielleicht darüber, wie schön es würde, wenn sie alle nach Hause zurückkehrten, und was für ein Bettchen sie für das Kind kaufen wollten. Bestimmt hatte sie davon geredet, obwohl sie genau wußte, daß kein Geld mehr da war.

Offenbar glaubte sie an die heilende Kraft der Kräuter, und es kümmerte sie nichts außer dem Leben ihres Mannes. Komme, was wolle.

Vielleicht dachte sie, wenn ihr Mann stirbt, scheidet sie auf wundersame Weise ebenfalls aus dem Leben.

Nun war offenbar die Zeit herangerückt, wo sie allein weiterleben mußte – keiner wußte, wie, ohne Dach überm Kopf, ohne Geld, mit einem Kind auf dem Arm.

Und hier konnte Alexander mit seinem Geschenk auf ihr Schicksal einwirken.

Er rechnete aus, daß die Frau im ersten Jahr genug Geld hatte – sie konnte eine Wohnung mieten, bis sie eine Arbeit gefunden hatte.

In seinen letzten Krankenhaustagen fand Alexander eine gewisse Ruhe, als wisse er genau, daß alles glücklich enden werde.

Er schlief nachts wieder, tags ging er sogar spazieren.

Ein warmer, wunderschöner Frühling brach an, am Himmel zogen kleine weiße Wolken dahin, es wehte ein milder Wind, der Löwenzahn blühte auf der Krankenhauswiese.

Als Alexander entlassen wurde, kam ihn ein Auto abholen, und er verließ leichten Herzens in Begleitung eines Freundes den Ort des Geschehens.

Gleich am Krankenhaustor überholte er eine kleine Prozession: Die Pflegerin führte eine magere Frau mit Kind am Arm. Sie kamen so langsam voran, daß Alexander sich erstaunt nach ihnen umdrehte.

Er sah, wie die Pflegerin, die ihn erkannt hatte, knallrot wurde, den Kopf senkte, etwas murmelte und schnell zurückging.
Die Frau mit dem Kind blieb stehen, hob den Kopf und öffnete die Augen.
Außer dem Kind trug sie nichts, nicht einmal eine Tasche.
Alexander blieb ebenfalls stehen.
Er sah immer noch dasselbe wunderschöne, ruhige, junge Gesicht, leicht verschleierte Augen und das Baby in einer baumwollnen Krankenhausdecke.
Alexanders Herz begann so laut zu klopfen wie damals, als er krank wurde, wie damals, als er dem zitternden Jungen auf der dunklen Straße begegnet war.
Aber er kümmerte sich nicht um den Schmerz in der Brust, er war in diesem Augenblick mehr damit beschäftigt zu begreifen, wie gerissen die Pflegerinnen die Arme um das gesammelte Geld gebracht hatten.
Er wußte, von diesem Moment an würde er für diese bleiche, abgemagerte Frau und ihr kleines Kind, das ganz still in der verwaschenen Krankenhausdecke mit dem lila Krankenhausstempel lag, alles hingeben, sein ganzes Leben.
Alexander sagte folgendes zu ihr: »Der Wagen des Gesundheitsministers ist da, um sie abzuholen. Wohin darf man Sie bringen? Hier ist der Fahrer, machen Sie sich bekannt.«
Alexanders Begleiter verschluckte sich sogar.
Sie entgegnete versonnen: »Eigentlich wollte mich meine Freundin abholen, aber sie ist plötzlich krank geworden. Oder ihr Kind, ich weiß nicht.«
Doch im selben Augenblick stürzte zu Alexanders Entsetzen eine ganze Horde von Menschen mit Blumen auf die Frau mit dem Kind zu, alle schrien etwas von einem Auto, das aufge-

halten worden, und von einem Bett, das schon gekauft war, und von einer Babybadewanne, und mit dem Schrei »Ach, wie süß, ganz der Vater« und »Fahren wir« verschwanden sie, und bald stand nur noch Alexander mit seinem völlig verdatterten Freund auf dem Hof des Krankenhauses.

»Verstehst du«, sagte Alexander, »ihr wurde gesagt, sie müsse alles hergeben, und sie hat alles hergegeben. So was passiert ganz selten. Wir geben nie alles her! Irgend etwas behalten wir für uns, meinst du nicht auch? Aber sie hat nichts behalten. So etwas muß ein gutes Ende nehmen, verstehst du?«

Der Freund versuchte zu lächeln – einem Genesenden darf man nicht widersprechen.

Was Alexander dann unternahm, wie er seine Frau suchte, wie er sich Mühe gab, sie nicht zu erschrecken, seine Angebetete nicht abzustoßen, welche Umwege er ging, wie er alle Freundinnen seiner zukünftigen Frau kennenlernte, noch bevor er ihr Vertrauen gewann – all das ist eine Wissenschaft für sich, die nur einige wenige Liebende kennen.

Erst ein paar Jahre später konnte er die Frau mit dem Kind zu sich holen, und sein alter Kater ging zu der neuen Herrin und strich um ihre Beine, und der vierjährige Junge begann zu lachen und faßte den Kater furchtlos um den Bauch, und der uralte Kater gab keinen Mucks von sich und hing geduldig in den Händen des Jungen, schloß die Augen und schnurrte sogar, als ob er es genoß, in seinem ehrwürdigen Alter so in der Luft zu baumeln. Aber Kater sind ein weises Völkchen und wissen, mit wem sie es zu tun haben.

KATJA UND JANA

Es war einmal ein Mann, der allen gern half, allen außer seiner Frau. Seine Frau war ein bewundernswert gutes und sanftes Geschöpf. Er wußte, daß sie sehr gut allein zurechtkam, und das beruhigte ihn.

Einst nämlich hatte er einer Zauberin geholfen und ihr den Hut wieder eingefangen, der vom Wind weggeweht worden war.

Die Zauberin lächelte: »Weil du mir geholfen hast, mache ich dich zum Zauberer. Doch mit einer Einschränkung. Du kannst allen helfen. Nur denen nicht, die du liebst.«

Und sie tröstete ihn: »So ist es nun mal. Ein Arzt kann seine eigenen Kinder nicht gesund machen. Ein Lehrer seinem eigenen Sohn nichts beibringen. Es klappt einfach nicht.«

Sie ging und ließ den Mann verwirrt zurück.

Kurze Zeit später lag die geliebte Frau des frischgebackenen Zauberers im Sterben, die zarte, gute und schöne Katja.

Manchmal arbeitet die Triebfeder in einem Menschen einfach nicht mehr, wie bei einer Uhr – das Ticken wird immer leiser und immer seltener.

Der Zauberer verbrachte die ganze Zeit bei seiner Frau im Krankenhaus. Er hatte Katja dorthin gebracht, weil sie operiert werden mußte.

Der Zauberer kniete neben dem Bett, seine Frau atmete kaum noch.
Da stürzte er hinaus auf den Korridor zur Krankenschwester, aber die Krankenschwester sagte ihm: »Wir dürfen sie nicht stören, sie hat es sowieso schon schwer«, und ließ ihn stehen.
Dabei wollte der Zauberer nur nach einer Spritze fragen, um das Leben seiner Frau noch ein bißchen zu verlängern, aber es klappte nicht, so, wie die Zauberin es prophezeit hatte.
Ein Sanitäter schob eine Trage über den Korridor, der Kopf der Frau, die darauf lag, war ganz und gar verbunden.
Sie atmete noch, wenn auch ziemlich schwach.
Der Zauberer sah, daß ihr Leben zu Ende ging, und er bot dem Krankenpfleger eine Zigarette an.
Der Krankenpfleger zog genußvoll am Glimmstengel und erzählte dem Mann beim Weiterschieben die Krankheitsgeschichte der Patientin. Es sei ein Autounfall, sie lebe praktisch ohne Kopf, er hoffe, es noch in den Operationssaal im ersten Stock zu schaffen, das Ganze tue ihm leid, denn unten sitze ihre Familie, zu der auch zwei kleine Kinder gehörten.
Der Zauberer begriff sofort, was zu tun war. Hier konnte er helfen. Er tauschte den Körper seiner Frau gegen den Körper dieser Sterbenden aus und versuchte es mit einem Zauberspruch, damit die arme Kranke auf der Trage wieder gesund würde.
Doch seine Hilfe kam offensichtlich zu spät. Der Krankenpfleger fuhr die Kreuzung aus Katjas sterbendem Körper und dem sterbenden Kopf der Verunglückten in den Fahrstuhl – die Kranke atmete kaum noch.
Auf Katjas Bett indes lag ein lebendiger Mensch, der nur benommen war von den vielen Arzneimitteln – eine Kreuzung aus einem gesunden Kopf und einem gesunden Körper.

Der Zauberer kniete am Bett seiner Frau nieder und sah, daß sie jetzt tiefer atmete. Aber gleich begann Katja zu stöhnen und beschwerte sich, ihr tue alles weh – Arme und Beine.
Dann öffnete Katja die Augen, die voller Tränen waren, und fragte ihren Mann, ob sie sich noch lange quälen müsse.
Dem Mann dämmerte, daß der leichtsinnige Krankenpfleger offensichtlich nicht alles über den Zustand der armen sterbenden Frau gewußt hatte, daß möglicherweise auch ihre Arme und Beine gebrochen waren – aber wie sollte das in diesem Krankenhaus behandelt werden?
Was würden die Ärzte sagen, wenn sie plötzlich sahen, daß die Kranke, die die ganze Zeit sterbend im Bett lag, Arme und Beine gebrochen hatte?
Die Ärzte würden sich versammeln und denken, hier läge ein Verbrechen vor, womöglich habe ihr Mann sie mit einem Stock geschlagen, so etwas kommt ja vor!
Und einen Kriminalkommissar rufen, anstatt die arme Frau zu behandeln – so dachte der arme Zauberer.
Er rannte sofort zu den Ärzten und bat darum, daß man die Kranke nach Hause entlasse: Was soll sie sich hier herumquälen, soll sie doch ihre letzten Tage zu Hause liegen.
»Nicht Tage, sondern Minuten«, verbesserte ihn die Krankenschwester, die dabeistand, »Minuten. Sie hat höchstens noch vierzig Minuten zu leben.«
Und wieder sagte sie: »Lassen Sie sie in Ruhe, Ihre Frau ist mit einer ernsten Angelegenheit befaßt.«
»Ich weiß, ich weiß«, entgegnete der Zauberer, »aber ich nehme sie trotzdem mit.«
Er holte seine laut stöhnende Frau unter den durchaus nicht wohlwollenden Blicken der Ärzte aus dem Bett und brachte sie nach unten, in sein Auto. Er fuhr Katja, so schnell er konn-

te, in ein anderes Krankenhaus, wo er sagte, seine Frau sei von der Gartenleiter gefallen, sie könne sich an nichts mehr erinnern, würde nun allen möglichen Unsinn erzählen – daß man ihr den Garaus machen wolle, daß man ihr vergiftete Tabletten gegeben habe, daß man sie habe sterben lassen, daß sie unheilbar krank sei usw.

Die Ärzte stellten fest, daß die Kranke eine Menge Verletzungen hatte. Doch das würden sie schon hinbekommen, sagten sie, es wäre eine Frage von zwei Wochen. Und Katja, die die ganze Welt verfluchte, hielt aus und beklagte sich nur bei ihrem Mann, allerdings nach wie vor sehr laut und tränenreich.

Sie verlangte immerhin nicht mehr, man solle sie erschießen, weil sie ja doch unheilbar krank sei, denn nach der ersten Bitte dieser Art wurde ein zartfühlender und verständnisvoller Arzt an ihr Bett geholt, der sie lange über Kindheit und Träume befragte, ob Vater und Mutter nicht den Verstand verloren hätten und woran die Urgroßmutter gestorben sei, ob nicht vielleicht in einer psychiatrischen Klinik.

Die Kranke wiederholte ihre Forderung, man solle ein für allemal Schluß mit ihr machen, nie wieder, sie bat nicht mehr um eine Kugel in die Stirn. Da kam der Zauberer ins Grübeln: Das alles sah seiner liebsten Katja überhaupt nicht ähnlich, seiner starken und guten Frau, die sich immer nur um ihn gekümmert hatte, nie um sich selbst, und immer Mitleid mit ihm hatte und nicht mit sich.

Die nächsten Überraschungen ließen nicht lange auf sich warten. Als Katja nach Hause kam, fing sie damit an, lange fortzubleiben, kehrte von ihren Spaziergängen finster wieder heim und versuchte offenbar sich an etwas zu erinnern.

Auf alle Fragen gab sie zur Antwort, sie habe irgendwelche

merkwürdigen Träume und irgend etwas stimme mit ihr nicht – wo sei bloß ihre Narbe von der Blinddarmoperation geblieben und woher nur habe sie solche Finger, woher käme das Muttermal auf der Schulter usw. und so fort.

Bei alldem verbarg Katja ihre Augen, sie schaute ihm nie direkt ins Gesicht, das hätte die frühere Katja nie getan, sie hatte ihrem Mann immer in die Augen geschaut mit ihrem traurigen und zärtlichen Blick. Mitten in sein Herz hinein.

Der Zauberer war sehr betrübt und ging ins Krankenhaus, um in Erfahrung zu bringen, wann das Unfallopfer gestorben war. Er wunderte sich sehr, als er erfuhr, die Frau sei überhaupt nicht gestorben, sondern fühle sich nach der geglückten Operation viel besser, die Ärzte hätten ein wahres Wunder vollbracht.

Auch die Familie der Kranken würde rund um die Uhr am Bett von Jana sitzen – so hieß die Frau.

Die Familie – Großmama, Großpapa und zwei kleine Kinder – hatte sich im Krankenhaus buchstäblich eingenistet, die Kinder wurden, bevor sie zum Kindergarten gingen und wenn sie wiederkamen, zur Mutter gebracht, um sie zu küssen, und Jana konnte bereits mit ihnen sprechen.

Allerdings habe sie sich sehr verändert, doch so etwas käme vor nach einer Operation.

All das erzählte der redselige Krankenpfleger dem Zauberer und schob dann eine leere Trage über den Korridor.

Der Zauberer schaute ins Krankenzimmer und erblickte eine junge Frau, deren ganzer Kopf verbunden war, nur der Mund lag frei. Neben ihr saß ein Mann mit Brille, er schaute sie unablässig an, so, wie manche Eltern ihre kleinen schlafenden Kinder ansehen.

Der Zauberer hatte im Handumdrehen einen weißen Kittel

an und ein Stethoskop um den Hals, so, wie es sich für einen richtigen Arzt gehört.
»Na, Kranke«, sagte er, »wie haben wir geschlafen, haben wir immer noch so viel Angst?«
Er setzte sich an die andere Seite des Bettes, und Jana wurde plötzlich unruhig und streckte die Hand nach ihm aus.
Der Zauberer erblickte diese bis ins kleinste Detail vertraute Hand und hätte fast zu weinen angefangen, als ihm klar wurde, daß er diese Finger niemals mehr küssen würde.
»Ja«, sagte Jana durch den Verband hindurch, »mich quält ein Traum: Irgendwo ganz in der Nähe ist mein Haus, mein geliebter Mann, meine Bücher und der Garten, und mir schwant, daß ich nie wieder dorthin komme. Jede Nacht muß ich weinen.«
»Stimmt, der Verband ist immer ganz naß«, warf ihr Mann ein, ein solider, kräftiger Kerl. »Und davon schmerzen die Wunden.«
»Sie wird sich wohl verändern nach dem Unfall, das kommt vor, und es kommt sogar vor, daß manche sich für einen anderen Menschen ausgeben. Das ist ein Phänomen, Gedächtnistrübung, glauben Sie mir«, sagte der Zauberer.
»Macht nichts, wenn sie nur wieder zu uns zurückkommt, wir nehmen sie so, wie sie ist.«
Der Zauberer schaute unablässig auf den Verband, und ihm schien, daß dort, unter dem Mull, wie ein Schmetterling im Kokon, das Gesicht seiner geliebten Katja lag, das Gesicht jener Katja, die ihn liebte.
Und die Katja zu Hause, die er, das Schicksal überlistend, gerettet hatte, war nicht die richtige.
Da begann der Zauberer unter dem aufgeregten, leidenden Blick des Ehemanns Verband für Verband abzunehmen, und

plötzlich zeichnete sich unter dem Mull ein völlig fremdes Gesicht mit leuchtend roten Narben und groben Nähten ab.
Der Zauberer nahm nicht alle Verbände ab und sagte leise: »Es ist noch nicht alles verheilt, in einer Woche muß die Operation wiederholt werden.«
Er wußte, das war nicht Katja, dieser Frau konnte er helfen.
»Kommt es auch vor, daß sogar die Hände sich verändern, Doktor?« murmelte der unglückliche Ehemann.
»Ja, alles kann passieren, eine vollständige Veränderung. In einer Woche wird sie operiert, und alles wird wieder, wie es war, keine Angst«, sagte der Zauberer und verließ das Zimmer.
Unten, in der Halle, ging er an der verwirrten, stillen Familie von Jana vorbei – zwei alte Leute und zwei Kinder. Er blieb stehen, sagte ihnen ein paar aufmunternde Worte und fühlte, daß seine Frau Katja in der Nähe war.
Sie war hier, sie versteckte sich im Krankenhausgarten.
Der Zauberer entfernte sich, machte sich unsichtbar und beobachtete, wie Katja sich langsam und unsicher wie eine Blinde auf die Kinder zubewegte, wie sie in die Halle trat und zur Bank ging...
In die Kinder kam Leben, die Alten regten sich, rückten ein Stück zur Seite, und Katja setzte sich neben sie.
Einige Minuten später drückten die Kinder sich an ihre Knie, spielten mit ihrer Perlenkette und zwitscherten wie Vögelchen.
Auch die beiden Alten lebten auf, rückten näher an Katja heran, wobei die Alte sie ab und zu mit der Hand berührte.
Es war klar, Katja saß nicht zum erstenmal hier.
Der Zauberer ging nach Hause zurück und begann in seinen Büchern zu lesen, die er sich nach der Begegnung mit der

Zauberin besorgt hatte. Aber nur in einem einzigen Buch fand er ganz am Ende die grell leuchtende Zeile: WER DAS SCHICKSAL BETRÜGT.

Der Zauberer überdachte seine letzten Tage und mußte einsehen, daß er eine List angewandt, daß er das Schicksal an der Nase herumgeführt, daß er etwas getan hatte, was er nicht hätte tun dürfen: Er konnte und durfte denen nicht helfen, die er liebte, er aber hatte Katja geholfen!

Und nun quälten sich die beiden unglücklichen Frauen, die nicht begriffen, wer sie waren, und er selbst quälte sich ebenfalls und war zutiefst unglücklich.

Katja, das war offensichtlich, liebte ihn nicht mehr.

Der Zauberer sann lange darüber nach, was er tun könne. Schließlich ging er zu seiner Zauberin.

Zwei Stunden saß er in ihrem Wartezimmer zusammen mit verkrüppelten Kindern, weinenden alten Frauen, verhärmten Männern und finsteren jungen Leuten – glückliche Menschen kamen nicht hierher.

Es ging nur langsam voran, doch keiner kehrte zurück, offenbar gab es noch einen anderen Ausgang.

Schließlich konnte der Zauberer bei der Zauberin eintreten.

Sie lachte, als sie ihn sah, und sagte: »Man kann das Schicksal nicht betrügen!«

Er entgegnete: »Was soll ich jetzt tun?«

Doch die Zauberin bat schon den nächsten herein, dem Zauberer jedoch wies sie eine Tür in der Wand.

Er ging hinaus, aber irgendwie war alles anders. Er trat auf ein ödes Feld, am Horizont waren nur Berge zu sehen.

Wie der Zauberer auch seinen Kopf drehte und wendete, er sah nichts, nicht einmal das Haus der Zauberin.

Schließlich machte er sich auf den Weg zu den Bergen – von

oben konnte man die Gegend besser sehen. Er ging und ging, Tag und Nacht, fühlte nichts, aß nichts und war sogar froh, daß er nicht zu Hause bei seiner unglücklichen Katja saß, deren Herz offenbar immer noch an den Kindern und der Familie hing...

Er ging und wußte nicht mehr, ob es Tag oder Nacht war, mal schaute er in die Wolken, mal zu den Sternen, manchmal riß er irgendwelche Kräuter ab und kaute darauf herum.

Und immer mehr beunruhigte ihn der Gedanke, daß er vielen Menschen das Leben zerstört hatte, als er das Schicksal übertölpeln wollte.

Er hatte zwei Leben gerettet, doch welchen Sinn hat das Leben ohne die Menschen, die man liebt?

Aber alles hat einmal ein Ende. Der Zauberer bestieg einen hohen Berg, fand dort eine Tür – genauso eine wie bei der Zauberin, ging hindurch, und eine Minute später stand er auf einer Straße in seiner Stadt und ging zu sich nach Hause.

Dort fand er niemanden, nur Staub und vertrocknete Blumen. Außerdem waren Katjas Bild von der Wand und alle ihre Fotos aus der Schreibtischschublade verschwunden.

Dem Zauberer klopfte vor Angst das Herz wie toll.

Er stürmte ins Krankenhaus, fand den Krankenpfleger, bot ihm eine gute Zigarette an und erfuhr viel Neues. Es stellte sich heraus, daß die Familie jener jungen Frau, die einen Autounfall hatte, eine Beschwerde eingereicht hatte, man habe ihnen einen völlig fremden Menschen untergeschoben. Gleich nachdem die Verbände abgenommen worden waren, hatten sie dem Bett der Kranken den Rücken zugekehrt.

Damit nicht genug, der Mann hatte gleich hier im Krankenhaus eine Neue gefunden und mitgenommen.

In der Beschwerde wurde darauf hingewiesen, daß die Kranke im Bett ihrer eigenen Kranken überhaupt nicht gleiche – weder im Gesicht noch in der Figur.

»Und wo ist sie jetzt?« fragte der Zauberer.

»Das weiß kein Mensch«, entgegnete der Krankenpfleger, »sie ist vor zwei Monaten entlassen worden... Es heißt, sie hätte selbst nicht gewußt, wohin. Ständig hat sie von irgendwelchen Träumen erzählt, sie müsse einen Garten suchen und eine Bibliothek... Wahrscheinlich ist sie verwirrt... Am nächsten Tag ist sie zurückgekommen und hat neben der Küche gestanden, ich habe ihr Brei und Brot rausgebracht... Aber wir dürfen ja Fremden nichts geben. Sie ist nicht mehr wiedergekommen.«

Der Zauberer stürzte nach Hause, zu seinen Büchern, und murmelte immer wieder vor sich hin: »Ich kenne sie nicht, ich liebe sie nicht, ich liebe sie nicht!«

Er rannte in seine Bibliothek, zog das einschlägige Buch hervor und begann zu lesen. Er las von einer Bank im benachbarten Park, von einer Frau in einem abgerissenen, schmutzigen Kleid, die langsam mit einem Stock im Abfallkorb herumstochert, er las, wie sie langsam die Brotrinde an die Augen führt, wie sie sie betrachtet und ebenso langsam in die Tasche steckt...

»Ich liebe sie nicht«, sagte der Zauberer laut, »ich kann sie wieder gesund machen!«

Er griff nach der Kristallkugel und fing einen Lichtstrahl auf. Im Kugelinnern begann es zu rauchen, ein Baum leuchtete auf, darunter eine Bank, auf der Bank, mit dem Rücken zum Zauberer, eine traurige menschliche Gestalt mit einem Stock in der Hand...

Dann erlosch alles wieder.

Wieder fing er einen Lichtstrahl auf.

»Das kann nicht sein, es muß gelingen!« schrie der Zauberer. »Ich kenne sie nicht! Ich habe nur Mitleid mit ihr, mehr nicht!«

Im Innern der Kugel begann es wieder zu rauchen, und wieder erlosch alles.

Da nahm der Zauberer Katjas Schal vom Stuhl, ihren gelben Schal, den sie selbst, mit ihren eigenen Händen, einmal gestrickt und den sie nicht mit in ihr anderes Leben genommen hatte, weil sie nicht mehr Katja war.

Der Zauberer stürzte in den Park und fand die Bank.

Er legte einer völlig fremden Frau den Schal um die Schultern, sie wandte sich um, griff mit den vertrauten Bewegungen der schmalen bleichen Hand nach ihm, hob die Brauen und schaute den Zauberer mit solchem Kummer und solcher Güte an, daß dieser zu weinen anfing.

Doch sie erkannte ihn nicht, sondern streckte die Hand nach ihm aus und strich ihm über die Wange.

»Ich weiß nicht, wie du heißt, aber das ist unwichtig«, sagte der Zauberer.

»Jana«, antwortete ihm Katja mit leiser Stimme.

»Laß uns nach Hause gehen«, sagte der Zauberer. »Hier ist es klamm und feucht, du erkältest dich.«

Und so gingen sie nach Hause.

PRINZESSIN ZARTFUSS

Es war einmal eine kleine Prinzessin, und alle liebten sie. Sie hatte Hände wie Rosenblüten und Füßchen so weiß wie Lilien. Einerseits war das schön, doch andererseits war die kleine Prinzessin wirklich allzu zart und empfindlich, beim geringsten Anlaß heulte sie gleich los. Man schimpfte dafür nicht mit ihr, aber begrüßt wurde ein solches Betragen in der Familie auch nicht. »Man darf sich nicht so gehenlassen«, sagten Vater, Mutter, Großmutter und Großvater, der König. »Man muß sich beherrschen können. Du bist schon groß.«

Doch solche Worte kränkten die kleine Prinzessin noch mehr, und sie fing wieder zu weinen an.

Es kam die Zeit, da auch bei der kleinen Prinzessin ein Prinz erschien.

Der Prinz war groß, schön und liebevoll. »Ein herrliches Paar!« rief ringsumher alles begeistert.

Der Prinz und die Prinzessin gingen viel spazieren, sie tanzten sogar, und die Prinzessin flocht auf der Wiese Kränze für den Prinzen und für sich, was sie zuvor nie getan hatte – Kränze aus Kornblumen, die genauso blau waren wie die Augen des Prinzen.

Der Prinz und die Prinzessin wurden verlobt, das heißt, man

erklärte sie zu Braut und Bräutigam. Darauf reiste der Prinz in sein Königreich zurück.

Die kleine Prinzessin jedoch blieb allein und weinte. Alle tadelten sie für ein solches Betragen, man ließ sogar einen Arzt kommen. Der Arzt unterhielt sich mit der Prinzessin und verschrieb ihr ganz überraschend keine Beruhigungstropfen, wie üblich in solchen Fällen, sondern Schmerzmittel, denn es stellte sich heraus, daß sich die kleine Prinzessin beim Tanzen und Spazierengehen überanstrengt und ihre zarten Hände und Füße blutig gescheuert hatte.

Die Tage vergingen, die Hochzeit rückte heran, doch die Braut weinte immer noch, sie saß im Bett und wiegte die verbundenen Hände und Füße. Sie konnte weder laufen noch eine Teetasse halten, die alte Kinderfrau mußte sie füttern und ihr zu trinken geben.

Aber der Arzt sagte voll Zuversicht, bis zur Hochzeit sei alles wieder gut, die kleine Prinzessin sei einfach zu zart und zu empfindlich, weinerlich und unbeherrscht und das wiederum sei das Ergebnis falscher Erziehung, doch wenn der Prinz kommt, wird sie aufspringen und tanzen und mit den Armen herumfuchteln wie eh und je.

Die alte Kinderfrau jedoch nahm ein Foto der kleinen Prinzessin und ging zum Zauberer. Von dort brachte sie den rätselhaften Spruch mit: »Wen man liebt, trägt man auf Händen.«

Diesen Spruch kannten bald alle, die die Prinzessin seit ihrer Kinderzeit liebten, als sie noch fröhlich lachte und dabei ihre ersten vier Zähnchen und zwei Grübchen auf den Wangen zeigte und als ihre Löckchen noch wie goldene Seide leuchteten und die Äuglein wie Vergißmeinnicht.

Wer liebte die Prinzessin nicht? Alle liebten sie: der Vater, die Mutter, der Großvater und die Großmutter – König und Königin. Und immer erinnerten sie sich daran, was die Prinzessin doch für ein süßes Kindchen gewesen war, so freundlich und hübsch, mit vier Zähnchen. Als weitere Zähne durchbrachen, sah das Bild nicht mehr so schön aus, das Geschrei und Gejammer fing an, und es kam so weit, daß die Prinzessin auf die Frage »Na, schmollen wir immer noch mit der ganzen Welt?« überhaupt keine Antwort mehr gab, was zumindest unhöflich war, vor allem wenn der König und die Königin diese Frage stellten, noch dazu übers Haustelefon. Am Telefon hat man gefälligst zu antworten!

Nichtsdestotrotz fanden sich alle unter Leitung der alten Kinderfrau bei der Prinzessin ein und nahmen sie der Reihe nach auf den Arm. Was selbstverständlich eine Heldentat war, besonders wenn man bedenkt, daß beispielsweise die Königingroßmutter eine in solchen Dingen unerfahrene Dame war und nie etwas Schwereres hochgehoben hatte als ein Glas Wein. Und die Prinzessinmutter wußte nicht einmal, von welcher Seite sie ihre doch schon ziemlich gewichtige Tochter anfassen sollte – zart hin, zart her, die Prinzessin war immerhin kein Wickelkind mehr, fünfzehn Jahre, das ist kein Spaß.

Doch alle hoben die kleine Prinzessin unter größten Anstrengungen hoch, wobei die Prinzessin zuerst überhaupt nichts begriff und sogar jammerte, man solle sie nicht anrühren, bis ihr die alte Kinderfrau alles erklärte. Aber auch dann vergoß die kleine Prinzessin Tränen und würdigte den Rekord des Prinzvaters, der es schaffte, sie 22 Zentimeter hochzuheben, nicht im geringsten. »Alle Zeitungsreporter der Welt kämen angerast, würden wir nicht geheimhalten, daß unsere Tochter so ein Trauerkloß ist«, verkündete er.

Woraufhin die alte Kinderfrau die kleine Prinzessin zur Beruhigung wie in der Kindheit ganze zehn Minuten auf Händen durchs Schlafgemach trug. Doch fielen ihr dabei alle Kränkungen ein, die ihr je widerfahren waren: daß der Koch ihr in der Küche keine Hühnerkeule übriggelassen hatte, sondern nur einen schlechtgerupften Flügel, und daß ihre Enkel im Dorf ohne Aufsicht rumrannten und sie hier lebte und sich abrackerte wie ein schwitzender Truthahn, ohne den geringsten Dank.

»Du liebst mich doch?« fragte die kleine Prinzessin, als die von ihrer Bürde ganz atemlose Alte ihr Hätschelkind wieder zurück ins Bett legte.

»Wie sollte ich dich nicht lieben?« entgegnete die Kinderfrau griesgrämig. »Wenn ich dich nicht liebte, wäre ich bei dem Hungerlohn schon längst über alle Berge!«

Alle trugen also die Prinzessin auf Händen, doch sie wurde nicht gesund.

Da hieß es, der Zauberer sei ein schlechter Wahrsager oder die Kinderfrau habe womöglich den Spruch nicht richtig wiedergegeben. »Was soll das auch bedeuten«, entrüstete sich der Doktor, »wen man liebt, trägt man auf Händen! Wenn wir mal von Einzelfällen absehen, trägt mich zum Beispiel doch auch niemand auf Händen! Nicht mal die Königin wird auf Händen getragen!«

Und alle stimmten zu und sagten, den Spruch müsse man wohl so verstehen, daß die kleine Prinzessin selbst niemanden liebt, das habe der Zauberer wohl gemeint.

Die Prinzessin jedoch saß in ihrem Schlafgemach, und die Kinderfrau munterte sie die ganze Zeit dazu auf, den Prinzen anzurufen, doch das Kindchen wollte nicht, sie jammerte nur: Warum ruft denn der Prinz nicht an. Schließlich rief er an, und den Hörer mußte die mürrische Kinderfrau halten, und mürrisch war sie deshalb, weil das Gespräch zwei Stunden dauerte und sie das Mittagessen verpaßte, und außerdem, weil die Prinzessin es fertigbrachte, während des gesamten Gesprächs kein einziges Mal zu heulen, sie lachte sogar ein paarmal.

»Du simulierst also bloß«, sagte die Kinderfrau, als sie nach zwei Stunden den Hörer auflegte. »Du kommst auch ohne Heulen aus!«

Und die Kinderfrau ging Tee trinken und verkündete dem ganzen Hofstaat, daß es um die kleine Prinzessin gar nicht so schlecht bestellt sei, sie würde bereits lachen. Alle gratulierten dem Doktor, sein Honorar wurde erhöht, und bei der kleinen Prinzessin klingelte nun ununterbrochen das Telefon, die Kinderfrau nahm den Hörer ab und hielt ihn ans Ohr ihres Hätschelkindes, doch auf Fragen wie: »Na, lachen wir bereits?« vergoß das Prinzeßchen nur Tränen.

Als die Hochzeit festgesetzt war und der Prinz angereist kam, wurden selbstverständlich alle Verbände von Händen und Füßen abgenommen – abends war ja der Ball geplant.

Für die Prinzessin wurden besonders dicke Handschuhe und Stiefel angefertigt. Als sie angekleidet wurde, hörte sie mit dem Weinen auf und ließ zu, daß man sie kämmte und ihr weiße Rosen in den Zopf flocht.

»Na, was habe ich gesagt?« verkündete die Kinderfrau triumphierend in allen Gängen des Palastes, und der Koch spendierte ihr vor lauter Freude ein großes Stück Torte.

Alle lachten, nur der Arzt kündigte und fuhr mit seinen siebzig neuen Koffern fort.

»Soll er doch fahren«, sagte die Kinderfrau nach drei vorzeitigen Schnäpsen, »jetzt kann er uns gestohlen bleiben! Das soll ein Arzt gewesen sein? Jeder beliebige Sanitäter ist in der Lage, dreimal am Tag nach dem Essen ein Mittelchen zu verabreichen, ich hätte das genausogut gekonnt, vor allem für das Geld.«

Als der Prinz die Prinzessin zum Spaziergang einlud, war allen klar, daß die kleine Prinzessin anschließend die Hochzeitszeremonie nicht durchstehen würde, deshalb wurde dem Prinzen mitgeteilt, daß die Prinzessin einen Spaziergang zu Pferd vorziehe. Der Prinz schickte der kleinen Prinzessin seine arabische Stute, deren lederne Zügel gerade noch rechtzeitig durch seidene ersetzt werden konnten. Als die Prinzessin auf den Hof trat, bat sie den Prinzen, sie in den Sattel zu heben.

»Dafür sind die Diener da«, sagte der Prinz lächelnd.

»Ich bitte nur Sie darum«, sagte die kleine Prinzessin.

»Was sind das für Allüren?« fragte der Prinz und rief die Diener, die die kleine Prinzessin wie eine Feder in den Sattel hoben und ihr die seidenen Zügel in die Hand legten.

Sie ritten los.

Der Prinz war ein mutiger und sportlicher Jüngling, der Gejammer, Gestöhn und Überempfindlichkeit verachtete. Außerdem wußte er schon vom Hörensagen, daß die kleine Prinzessin ziemlich verwöhnt und überhaupt sehr verzärtelt war, und er beschloß, sie von Grund auf umzuerziehen, noch vor der Hochzeit.

Auf dem Weg in den Wald erzählte die kleine Prinzessin dem Prinzen ihre ganze Krankengeschichte, sie gab auch den Spruch des Zauberers preis. Sie in den Sattel zu heben sei also keine Dienstleistung, sondern eine Heilmethode.

Der Prinz glaubte kein Wort.

»Weibergeschwätz!« sagte er.

Da brachte die Prinzessin die Stute zum Stehen und streifte unter größter Anstrengung den Handschuh von ihrer kleinen Hand.

Als der Prinz das Blut sah, war er entsetzt und fragte laut: »Warum? Warum hat mir keiner gesagt, daß du krank bist? Vielleicht bringst du auch kranke Kinder zur Welt! Kranke Erben – das geht nicht! Das ist ein Schicksalsschlag für den Staat, für das Königreich, ja für die ganze Nation!«

Vor lauter Entsetzen und Aufregung zog der Prinz so heftig an den Zügeln, daß sich sein Pferd aufbäumte, ihn abwarf und davongaloppierte.

Der Prinz lag bewußtlos auf dem Waldboden, bleich wie Kreide, aus seinem Mund rann Blut.

Die kleine Prinzessin kletterte vom Pferd, brachte es mit gutem Zureden und Tätscheln dazu, sich hinzulegen, und hob, so gut sie konnte, den Prinzen auf den Rücken der klugen Stute. Dann stand das Pferd mit dem leblosen Prinzen auf, die Prinzessin nahm die Zügel in die Hand und führte es zurück zum Schloß.

Am Schloßtor nahmen die Wächter den Prinzen und auch die kleine Prinzessin auf ihre Arme, die Dienerinnen liefen herbei, um den Waldweg zu fegen, auf dem die Prinzessin blutige Spuren hinterlassen hatte.

Der Prinz wurde bald gesund und schickte sich an, nach Hause zu fahren, weg von diesem Schloß, wo man ihm eine ungeeignete Prinzessin hatte unterjubeln wollen.

Als er sein wildes Pferd aus dem Stall führte, traf er den Priester, der mit einem Köfferchen in der Hand zum Schloßtor ging. Der Priester beglückwünschte den Prinzen zu seiner Genesung und sagte: »Bleibst du nicht zur Beerdigung?«

»Ist jemand gestorben?« fragte der Prinz.
»Unsere kleine Prinzessin wird bald sterben«, entgegnete der Priester. »Ich habe ihr bereits die letzte Ölung gegeben, sie hat nur noch wenige Minuten.«
»Sie war furchtbar krank«, sagte der Prinz mit einem Seufzer. »Sogar der Arzt hat schließlich aufgegeben und ist abgefahren, heißt es.«
»Du warst auch sehr krank«, sagte der Priester. »Wenn die Prinzessin dich nicht auf den Arm genommen und aufs Pferd gelegt hätte, dann würde man dir heute die Totenmesse lesen.«
»Ja, das war ein Schreck, als ich erfuhr, daß ich möglicherweise ein Krüppel bleibe! Die Prinzessin hat mir natürlich das Leben gerettet. Doch sie hat mich betrogen. Als wir miteinander telefonierten, hätte sie vor Schmerzen weinen müssen, doch sie hat gelacht! Wenn ich an ihre Hände denke, schüttelt's mich.«
»Ja, möglicherweise wäre sie schon längst gestorben, wenn sie dich nicht liebte. Nur deinetwegen ist sie noch auf der Welt.«
»Ich müßte mich eigentlich von ihr verabschieden«, brummte der Prinz verlegen, führte das Pferd zurück in den Stall und stieg in die Gemächer der kleinen Prinzessin hoch.
Er trat in das Schlafgemach seiner ehemaligen Braut, erblickte sie, und sein Herz zuckte vor Mitleid zusammen. Die Prinzessin lag ganz klein, wie ein schlafendes Kind, im Bett, neben ihr saß die vom Weinen puterrote Kinderfrau.
Der Prinz tat so, als wüßte er nichts, trat entschlossen zum Lager der Prinzessin und sagte: »Grüß dich! Ich bin wieder gesund! Und was ist mit dir? Was liegst du hier rum und simulierst? Los, aufstehen, die behandeln dich ja wie eine

Kranke... Du mußt an die Sonne, an die Luft, du brauchst Bewegung!«

Er schob die Kinderfrau, die wütend aufgesprungen war, zur Seite, nahm die Prinzessin auf den Arm – sie war federleicht und durchsichtig – und trug sie zum Fenster. Hinter seinem Rücken schnaufte indes die Kinderfrau und zog ihn an der Jacke: »Sie ist tot, bist du taub?«

Der Prinz hielt die Prinzessin mit einem Arm fest und schob mit dem anderen den schweren Vorhang zur Seite, er öffnete schnell das Fenster und merkte, daß die kleine Prinzessin ihn mit großen Augen anschaute.

»Was rüttelst und schüttelst du sie, man hat ihr bereits die Augen geschlossen«, zischte die Kinderfrau, die nach der Prinzessin greifen wollte, doch der Prinz schirmte seine Last mit dem Rücken ab und küßte die Prinzessin schnell auf den Mund – irgendwo hatte er gelesen, daß man so Prinzessinnen wieder zum Leben erweckt.

»Zu spät, zu spät«, wehklagte die Kinderfrau. »Hättest früher kommen müssen, Dummkopf, hast dein Glück versäumt.«

Die Prinzessin aber blickte den Prinzen mit großen Augen an, dann blinzelte sie und lachte.

Die Kinderfrau schrie hinter dem Rücken des Prinzen auf und flüsterte: »Wen man liebt, trägt man auf Händen. Wen man liebt, trägt man auf Händen.«

Natürlich wurde am Abend Hochzeit gefeiert, auf dem Ball tanzte die Prinzessin, und am Tisch aß sie, wie es sich gehört, selbst mit Messer und Gabel und ohne Handschuhe.

Dem Zauberer wurden eine riesige Torte, ein Faß Wein und ein Farbfoto geschickt, auf dem die Prinzessin dem Prinzen den Ehering ansteckt.

ESEL UND ZIEGE

Ein Mann fuhr im Bus nach Hause und hatte sich so festgesessen, daß er nicht merkte, wie eine alte Frau ächzend neben ihm stand.
Erst als der Mann aussteigen mußte, sah er sie, erhob sich und flötete: »Setzen Sie sich doch bitte!«
Worauf die Alte zu ihm sagte: »Wenn du so höflich bist, soll alles, was man dir heute wünscht, in Erfüllung gehen!«
Und setzte sich feierlich auf den frei gewordenen Platz.
Anfangs ging der Mann noch relativ unbesorgt nach Hause, doch dann wurde er immer vorsichtiger. Er dachte: Wenn mir plötzlich jemand wünscht: »Der Erdboden soll dich verschlingen« oder, noch besser: »Ein Wirbelsturm soll dich wegpusten.« Oder wie neulich sein scharfsinniges Eheweib zu ihm gesagt hatte: »Der Teufel soll dich holen.« Das war, als er seine Nase in die Küche gesteckt hatte, um eine Pastete zu naschen, immerhin kam er gerade hungrig von der Arbeit. Stellen Sie sich das vor!
Und als er ihr Vorwürfe machte, sie könne sich doch nicht wie ein bissiger Hund auf andere Leute werfen, und sich trotz allem eine Pastete genommen hatte, sagte sie noch was Schärferes: »Die Pastete soll dir im Hals steckenbleiben.«
Von solch furchtbaren Gedanken heimgesucht, ging der

Mann mit größter Vorsicht nach Hause, machte um alle einen Bogen, ließ Damen mit schweren Taschen den Vortritt, vor allem aber Frauen mit Kindern, denn jeder weiß, wie müde solche Geschöpfe sind, sie können für nichts garantieren, wenn ihnen jemand im Weg steht, vor allem wenn es sich um einen unbeschwerten Mann mit Hut handelt.

So gelangte er unter einem großen Aufgebot an Wachsamkeit und Höflichkeit nach Hause, setzte sich still und bescheiden in den Sessel vor den Fernseher und schaltete seine geliebte Fußballsendung ein, aber sehr, sehr vorsichtig, denn er wußte, daß seine Frau, die ebenfalls mit Taschen von der Arbeit kam und jetzt in der Küche herumwirtschaftete, eine merkwürdige Angewohnheit hatte: Einerseits konnte sie es nicht ertragen, wenn ihr Mann wie ein Holzklotz tatenlos dasaß und in die Glotze guckte, andererseits mochte sie es nicht, wenn er seine Nase in die Küche steckte, um ihr alle möglichen Ratschläge zu erteilen, seine Hilfe anzubieten und zu schimpfen: »Wonach stinkt's denn hier, was ist denn angebrannt?« oder »Mensch, bist du blind, die Milch läuft über.«

Deshalb wußte der Mann nicht, wie er den heutigen Abend überstehen sollte, zumal die Kinder, ein Junge und ein Mädchen, jeden Moment wie die schlimmsten Rabauken von draußen kommen mußten, von wo er schon ihre kreischenden Stimmen hörte, sicherlich würden sie verlangen, daß er auf die Musiksendung umschaltete oder auf den Gruselfilm.

Außerdem hörten sie manchmal so laut Musik, daß das Kristall am Leuchter und die Gläser in der Bar klirrten, und wenn er dann zu den Kindern ins Zimmer ging und sie bat, das Radio leiser zu stellen, sonst verstehe man kein Wort des Sportreporters, fing er vielleicht so einen deftigen Wunsch

ein, daß er sich dank der guten Alten aus dem Bus irgendwo in der Wildnis wiederfände.
So rückte er bloß seinen Sessel direkt an den Fernseher, umarmte den Apparat und legte sein Ohr daran, er hörte nicht einmal, wie die junge Generation nach Hause kam, was sie der Mutter zurief und was die Mutter darauf entgegnete, er schwamm auf der höchsten Woge der Glückseligkeit, seine Mannschaft hatte 2:1 gewonnen.
Die Kinder hatten sich offenbar in die Küche verkrochen, dort klapperten Löffel und Gabeln, unser armer Vater schlich ebenfalls dorthin, wo er sein Stück Brot, seine Portion Makkaroni mit Fleisch und sein Glas Kompott bekam, ganz wie in alten Zeiten, als er noch bei der Marine diente, und er war so glücklich über den stillen Familienabend, daß er seine lieben Kinderchen fragte, was sie wohl ihrem Papa zur Nacht wünschten.
Die Kinder waren ebenfalls froh und riefen einstimmig:

»Heut nacht sollst du schlafen wie in der Wiege.
Dir sollen erscheinen Esel und Ziege!
Der Esel vor Mitternacht
Die Ziege am Morgen.
Wir wünschen dir gute Nacht
Schlaf ohne Sorgen.«

Wohlgemut ging er zu Bett, alles war gutgegangen...
Bloß, daß er die ganze Nacht auf Hochtouren arbeiten mußte: Vor Mitternacht mußte er einen Esel antreiben, der Esel wollte nicht laufen und stand da wie angewurzelt, er mußte unter ihn kriechen und etwas reparieren, was auslief, und genau um Mitternacht wachte der arme Mann schweißgebadet auf, lief in der Wohnung hin und her, wusch sich die Hände

nach der schweren Arbeit, und kaum hatte er sich wieder hingelegt, begann alles von vorn, diesmal mit einer Ziege.
Bis zum Morgen lag er unter der Ziege und reparierte sie, dann zog er sie auf, indem er am Schwanz kurbelte, dann stieß er sie an den Hörnern vorwärts und war dermaßen erschöpft, daß er kaum seine Augen aufbekam.
Natürlich zog er es vor, am Morgen im Bus zu stehen, er dachte an die Alte und bot allen seinen Platz an, sogar seinen Stehplatz, aber in der Menge konnte man sich kaum rühren, und das Ergebnis war, daß eine entnervte Frau ihn anfauchte: »Geh von meinem kranken Fuß runter, alter Esel!«
Der Traum hat sich erfüllt, dachte der arme Mann.
Doch damit war das Abenteuer noch nicht vorbei.
Als er von der Arbeit nach Hause kam, stieß er auf eine Clique von Kindern, die Dosenbier tranken und ihn fragten, ob er was zu rauchen habe.
Er antwortete höflich, nein, und erhielt zur Antwort: »Dann verpiß dich, alter Ziegenbock, bevor wir dir dein Horn abbrechen!«
Wieder hat sich der Traum erfüllt, dachte der Mann.
Als er sich aber am Abend nicht mehr beherrschen konnte und in die Küche ging, um seiner Frau zu erzählen, wie ihm eine Alte für den gestrigen Tag die Erfüllung aller Wünsche prophezeit hatte und was daraus geworden war, wem sollte er es sonst erzählen, da sagte seine Frau – sie briet gerade Fisch – aus vollem Herzen: »Verrecken sollst du!«
Sie war offenbar völlig mit den Nerven fertig, seine Frau.
Der Mann dachte: Was für ein Glück, daß die Alte ihn nur mit einem Abend belohnt hatte und nur mit dem gestrigen!
Gutgelaunt und zufrieden nahm er sich ein Stück Brot vom Tisch, den Fischschwanz von der Pfanne und ging fernsehen.

MIT BA AUF CHE

Auf der Welt ist alles möglich, und einmal bestrafte der König des Kosmos, Ktor, die Völker des Planeten Che, und diese bestiegen ihre Raumschiffe und verschwanden in fernen Sternennebeln. Zu bedauern waren diese Völker nicht, sie hatten häßlich gelebt, sich ewig gestritten und letztlich alles ohne Ausnahme verbrannt. Ktor hatte sie gewarnt, hatte seine fliegenden Untertassen zu ihnen gesandt, bis er auf Che schließlich alles neu erschaffen mußte, das heißt, der Planet war in den Zustand kalten Steins zurückgekehrt.

Als dieser Planet nun leer war, schenkte ihn Ktor seiner Tochter Ba zum Geburtstag. Ein schönes Geschenk, sagen Sie, aber es barg einen tieferen Sinn, denn Ba, die von Geburt eine angenehme Körperfarbe hatte, wurde allmählich grün, doch davon später.

Wasser gab es genügend auf Che – Wasserfälle, Flüsse, Seen, Meere, Regen (der horizontal fiel, so war es erdacht, das heißt, er peitschte einem förmlich ins Gesicht), die Sonne zeigte sich ab und zu, es waren also alle Voraussetzungen für Leben vorhanden.

Ktor selbst begann immer damit, daß er Gras säte, Zwergbirken und Moos pflanzte, hier und da ließ er Gänseeier und

Lämmer zurück, dann brachte er die restlichen Dinge, und so ging alles seinen Gang.
Aber im gegebenen Fall war Ktor nichts zu schade für seine einzige Tochter, das heißt, er gab ihr nichts außer Felsen und Wasser. Ba hatte sich sehr häßlich betragen, und dem Vater tat die Hand weh. Die Hand tat ihm weh, weil Ktor nicht verheiratet war und seine Tochter selbst zur Welt brachte, indem er den kleinen Finger der rechten Hand abhackte. Alles war sehr einfach: Er hackte ihn ab, wickelte ihn in einen Lappen, begoß ihn mit Wasser, und eine Stunde später begann der Finger sich zu regen und zu schreien. Die Königstochter hätte noch neunzehn Brüder und Schwestern haben können, aber Ktor war ein Egoist und geizte mit seinen Fingern und Zehen, besonders nachdem er am eigenen Leib erfahren hatte, daß die Wunde weh tat und puckerte, wenn es Ba schlecht ging. Kleine Kinder lassen einen nicht schlafen, und bei großen schläfst du von selbst nicht.
Es war die Zeit, wo Ba die Pubertät hinter sich gelassen und das blühende Alter erreicht hatte, und zum erstenmal in den fünfhundert Jahren ihres Lebens konnte sie selbständig sein, das heißt, sie baute sich einen eigenen Palast. Aber Ktor wohnte nicht weit entfernt, und seine Hand tat weh. Da beschloß er, seiner Tochter den öden Planeten Che zu schenken.
Was Ba betraf, so machte sie sich buchstäblich gleich am nächsten Tag nach Che auf, mit ihrem Freund, dem Jungen Mick. Auch er mußte weg, seine Augen wurden zusehends grüner, doch davon weiter unten.
Bas Freund mit den immer grüner werdenden Augen lebte in Wirklichkeit schon das zweite Leben, in seinem ersten war es ihm schlecht gegangen, abgesehen von dem Umstand, daß er

ein wunderbarer Dichter war. Als er jung starb, hatte die Königstochter Mitleid mit ihm, nahm ihn zu sich ins Weltall und machte ihn zu ihrem Zögling. Mick jedoch war nicht leicht zu erziehen und schwieg die ganze Zeit. Er lernte nur schwer die Sprache, in der sich die Bewohner des Königreiches ausdrückten, die sogenannte Sprache der Herzen. Mick beschwerte sich über nichts, sein Herz schwieg, aber Ba, die in fremden Herzen lesen konnte, verstand, daß er sich nach etwas sehnte, was er nicht zurückhaben konnte, nach den Gedichten, nach seinem Kind und – was noch schlimmer war – nach einer Frau namens N. Gedichte konnte man im Kosmos tatsächlich nicht verfassen, das Lesen und Schreiben brauchte niemand, alle verstanden alles gleich beim ersten Gedanken. Was Micks kleinen Sohn betraf, so gab sich Ba das Wort, daß sie dieses Kind unbedingt holen wolle, wenn es alt geworden sei und mit hundert Jahren in Gesellschaft der Enkel und Urenkel stürbe. Ba zweifelte allerdings daran, daß dieser zukünftige alte Sohn sich als Kind von Mick eigne, der ja immer jung blieb.

Kurz und gut, es gab eine Menge Probleme, aber sie verschwanden alle mit einemmal, als der ferne Planet Che ins Gespräch kam.

Die Königstochter lud Mick ein mitzukommen, und die fliegende Festung, eine gewaltige Maschine, schwebte bereits vor den Toren des Palastes, als Ba begriff, welche Trostlosigkeit sie unterwegs erwartete, denn Mick würde die ganze Zeit schlafen oder unverdünnten Mohnsaft trinken. Im kosmischen Reich war Blumennektar in Mode, aus Flieder, aus Hyazinthen, auch aus Lilien oder Kamille meinetwegen. Aber Mohnnektar! Das war keine Freude, das war die pure Medizin gegen Schlaflosigkeit. Ba zweifelte nicht, daß Mick auch auf dem Planeten Che nur Mohn anpflanzen und sich die ganze Zeit um ihn kümmern, keinen einzigen Nagel einschlagen, keinen einzigen Ziegelstein setzen würde, obwohl er viele Dinge konnte. In seiner Kindheit hatte ihn der Vater gezwungen, alles selbst zu machen. Aber wenn man jemanden zwingt, etwas Nützliches und Notwendiges zu tun, kommt offenbar das Gegenteil dabei heraus, dachte die junge Ba, wenn sie Mick betrachtete, der zwei Stockwerke tiefer mit dem Gesicht zur Wand lag. Sie wußte, daß Mick vom vergangenen Leben träumte und nicht aufwachen wollte, aber im vergangenen Leben wollte er ja auch nur schlafen! Träumen, daß man schlafen will? Träumen, daß man dich ständig weckt, ohne Aussicht auf Erfolg? Jetzt weinte er im Traum aus Mitleid mit denen, die ihn immer geweckt hatten – mit dem Vater, der Frau, dem kleinen Sohn.

Kurzum, Ba beschloß, noch drei Freundinnen und drei Freunde dieser Freundinnen einzuladen. »Zu vielen ist es lustiger«, sagte Ba zornig zu Mick, der in seinem Keller schlief (Ba hatte im Palast für ihn speziell einen Keller einrichten lassen), aber Mick antwortete nicht, sein Herz schwieg. Mick wollte nicht leben, wieder wollte er nicht leben, wie auf der Erde, als er seine Gedichte schrieb, trank, wer weiß was aß und einer schmutzigen, obzwar gutbezahlten Schwarzarbeit nachging.

Die drei Freundinnen und ihre drei Freunde liefen sofort herbei, eine Einladung der Königstochter kam einem Gesetz gleich, und außerdem leuchtete die geheimnisvolle Che des Nachts so schön und war nur zwei Lichtjahre entfernt, warum sollte man nicht einen kleinen Ausflug riskieren. Weiter nahm Ba niemanden mit, keinen Piloten, keinen Copiloten, sie lenkte das Schiff selbst, das hatte sie während ihrer langen

Teenagerzeit gelernt. Mick erhielt den Befehl, nur auf das Heizsystem zu achten, was er schon immer als seine Pflicht angesehen hatte. Mick fand sich schnell zurecht, welches Ventil man in welche Richtung drehen und welchen Zeiger man beobachten mußte.

Der Abflug war auf den nächsten Tag angesetzt, die ganze Gesellschaft verbrachte den Abend bei Kerzenschein und Geigenmusik in einem kleinen Café – ein gewisser John mit einer zerbrochenen Brille sang sehr gefühlvoll, doch ohne Worte, zur Musik des Geigers Niccolo, bis plötzlich ein schöner alter Herr an den Tisch trat, ein allen bekannter Erfinder, ein ehemaliger Dichter, der hoffnungslos in Ba verliebt war, mit dem Namen François Marie Arouet. Es war also nicht alles harmonisch im kosmischen Königreich, es gab darin auch hoffnungslos Verliebte, von Freunden Verlassene, eifersüchtige Märtyrer. Aber sie hatten Zeit in Hülle und Fülle, und die Zeit heilt bekanntlich Wunden, man konnte neue Bekanntschaften schließen. Aber dieser François, ein giftiger Alter übrigens, verfolgte Ba auf Schritt und Tritt schon über zweihundert Jahre, in seiner Freizeit befaßte er sich mit Zauberei, um das Herz der Schönen zu erobern, das ständig von neuen Menschen besetzt war. Doch wie konnte es François mit der jungen Ba aufnehmen, er war dreihundert Jahre älter als sie, und sie, die sich anfangs für ihn interessiert hatte, begann ihn bald zu meiden. Die Wissenschaft der Verwandlung war im Königreich eigentlich verboten, doch Ktor verzieh François alles, denn Ktor hatte eine Schwäche für den Alten und war selbst schon mehrmals unversehens aus dem Königreich verschwunden, jedesmal in anderer Gestalt. Seine wahre Hülle zeigte Ktor nur, wenn er einsam auf dem Thron saß – um die Völker nicht zu erschrecken. Nicht nur einmal hatte Ba ihren

Vater nach seiner Rückkehr gefragt, als er über und über strahlend auf dem Thron saß, wer ihn so zugerichtet habe und was das für Narben seien überall. Aber der Vater umklammerte gleich seine rechte Hand, und das bedeutete ungefähr folgendes: Ich habe dir alles gegeben, habe nicht mit meinem kleinen Finger gegeizt, laß mich armen Krüppel in Ruhe.

Der schöne Alte kam also ins Café und rief Ba in die Garderobe, wo sich außer ihnen niemand aufhielt, alle waren um John versammelt, der selten ins Café kam. Der Alte überreichte Ba mit einem sinnigen Lächeln ein großes Buch mit Bildern. Unter jedes Bild war eine bunte Pille geklebt.

»Ba«, sagte François gefühlvoll, »wenn es dich nicht gäbe, müßte man dich erfinden.«

»Solche Reden hören wir nicht zum erstenmal«, antwortete Ba eher gelangweilt, »was willst du von mir?«

»Nimm dieses Buch«, sagte François Marie Arouet. »Ich habe es speziell für dich geschaffen.«

»Das ist kein Grund, jemandem seine Bücher aufzudrängen«, entgegnete Ba und erstrahlte in blauem Licht, was bei ihr Ungeduld bedeutete.

»Dann gehe ich«, verbeugte sich François schweigend und löste sich im Dunkel der Garderobe auf. Immerhin hatte der Alte was gelernt, etwas, was allerdings verboten war. Ba nahm seufzend das Buch von der Stelle, wo François gerade gestanden hatte, und schleppte es zum Tisch. Der Band wog nicht weniger als eine Tonne, aber Ba hatte unlängst beim Bau ihres Palastes als Hebekran gearbeitet, seitdem hob sie gerne Lasten.

Die ganze nette Gesellschaft betrachtete nun das Buch, das genau vier Seiten umfaßte, auf jeder Seite ein Bild. Die Bilder lebten, das heißt, die abgebildete Katze gähnte, leckte sich und machte es sich auf einem Kopfkissen bequem, ein Papagei kletterte auf einer Stange vor dem Spiegel hin und her, Käfer (vier an der Zahl) hielten, mit ihren Geweihen wackelnd, eine Versammlung ab, und zwei Ameisen trugen eine Tannennadel.

Mehr enthielt das Buch nicht, außer zwei Zeilen mit Punkten und acht Tabletten in durchsichtiger Folie. Aber Ba und ihre Freunde lasen zwischen den Zeilen, daß man, nimmt man die Tabletten ein, sich in das abgebildete Lebewesen verwandelt. Bei Bedarf könne man sich ein leuchtendes Barthaar ausreißen oder ein anderes Haar, das man nur bei Dunkelheit sah, dann würde man sich zurückverwandeln.

»Was für ein dummes Buch!« sagte Ba ärgerlich und ließ François' Geschenk auf dem Tisch liegen.

Am nächsten Morgen allerdings, als die fliegende Festung gestartet war, entdeckte Ba das Buch des Alten im Schiff unter ihrem Sofa neben den Hausschuhen. Sie seufzte und ließ es liegen.

Die Lichtjahre vergingen wie im Fluge, die Reisegesellschaft spielte Karten, Mick ausgenommen, der in seinem Heizraum schlief und grünlich schimmerte, so traurig war ihm zumute – sogar im Schlaf. Gut, daß es auf dem Schiff war, denn Depressionen waren im Königreich die größte Sünde, und wenn die Trauer für alle sichtbar war, das heißt, wenn der Kranke die Farbe eines Smaragds angenommen hatte, dann wurde er zu einer Zwangstherapie genötigt und in eine unterirdische Klinik gebracht, und niemand wußte, was dort mit ihm geschah, denn nach einem Jahrtausend (wenn man ihn überhaupt so schnell entließ) erschien er auf der Welt als freundlicher, etwas bleicher, ängstlicher Mensch, der sich an den einfachsten Dingen wie Sonnenauf- und Sonnenuntergang, Regen und Dämmerung erfreute. Feuer allerdings fürchtete er wie den Tod sowie jegliches Metallgeschirr vom Typ Bratpfanne und Kochkessel, doch so etwas gab es im Königreich nicht, nicht einmal als Abbildung, der Blumensaft wurde unmittelbar aus Blütenblättern getrunken.

Ba hatte die ganze Zeit große Angst um Mick, die Idee mit dem Planeten Che hatte sie selbst ihrem Vater eingeflüstert, indem sie einmal blaßgrün leuchtend zu ihm kam. Papa sah das und beschloß zu erbleichen, das heißt, er wurde krumm wie das Spiegelbild in einer Flasche und so fahl, daß sein Königsthron durch ihn hindurchschien. Dann griff er nach seiner kranken Hand, an der der kleine Finger fehlte, und nahm seinen ganzen Mut zusammen. Er war von Natur aus unerschrocken, vor Zeiten hatte er sich für die Menschen in große Abenteuer gestürzt, doch das Leid seines Kindes zu ertragen, dazu war er nicht fähig, er verlor die Fassung. Ein eigenes Kind ist die größte Prüfung, sogar, wenn man König des Weltalls ist.

Ba schaute zum Himmelszelt, wo die blaue Che zu sehen war, der König fing, ohne den Kopf zu heben, das Signal auf und kreiste ein bißchen über Che, worauf auf der Oberfläche des Planeten alles Überflüssige verschwand. Dann schlug er der Königstochter eine Beschäftigung für die nächsten Jahrhunderte vor.

»Ohne Mittel für den Unterhalt«, so drückte sich Ktor aus. »Ich gebe dir nicht mehr, als alle anderen in einer fliegenden Untertasse besitzen. Depression ist eine Sünde.«

»Brauchst du auch nicht«, entgegnete Ba ohne Worte, Hauptsache, Mick war außer Gefahr, nachdem ihn bereits die geheimen Mitarbeiter der Ärzte verfolgt hatten.

Die Reisegesellschaft hatte also auf dem Weg zu Che ihr

Vergnügen mit den lebenden Bildern – irgendeiner hatte das Buch wieder hervorgekramt –, trank Tulpensaft und Schneeglöckchennektar, und das Raumschiff flog und flog und schwebte schließlich, ganz eingehüllt in durchsichtige Wolken, vor der unglücklichen Che – Eis, Krater, Vulkane, sprühende Geysire, an den Felsen so etwas wie Glockenblumen aus Wasser.

»Glockenblumensaft!« riefen alle. Aber bei näherer Betrachtung erwies sich die Erscheinung als Wasserfall.

Wäre das lediglich ein Ausflug gewesen, dann hätte alles sehr schön ausgesehen – viel Himmel und Wasser. Aber jetzt fragte sich die Königstochter besorgt, wo man am besten anfangen solle.

Über Che kreisten noch immer Ktors Gedanken in Gestalt von zwei fliegenden Untertassen, damit es den frischgebackenen Chejanern nicht in den Sinn kam zurückzufliegen. Ba dachte traurig, daß sie auch hier nicht ohne Papas Unterstützung auskäme, und ließ einen grünen Strahl in ihren Augen aufblitzen. Sogleich verschwanden die Untertassen in großer Panik, sie rasten in Schrägstellung hinter den Horizont. Ba brachte das Schiff in Senkrechtlage zum Planeten, um eine ebene Landefläche zu finden. Sie entdeckte eine glatte Plattform, an deren Rand so etwas wie eine schwarze Sichel leuchtete.

»Interessant«, dachte Ba laut und machte das Schiff zur Landung bereit. Alle preßten ihre Nase ans Fenster, da sprang die Plattform auf wie eine Luke, zwei Stahlpeitschen schossen nach oben, mit Saugrüsseln, die sich schmatzend am Schiff festsaugten und es hinab in den Höllenschlund zogen.

Ba wußte von der Existenz der schwarzen Löcher und daß sie einzig durch diese Löcher zu Tode kommen konnte.

Sie zog den Steuerknüppel zu sich heran, um den Apparat wieder hochzuheben. Das Gleichgewicht war wieder hergestellt, aber die fliegende Untertasse vibrierte dermaßen, daß sogar Mick aus seinem Schlaf erwachte und mit einer Mohnblume in der Hand angeschwankt kam, um zu erfahren, was zum Teufel so wackle.

Ohne den Steuerknüppel loszulassen, schnappte Ba sich blitzschnell das Buch des Alten und steckte Mick eine Tablette – Papagei – unter die Zunge und den anderen Kameraden Käfer- und Ameisentabletten, die Katzentablette schluckte sie selbst, erinnerte aber schnell noch alle an die Regel der Rückverwandlung: Ausreißen eines leuchtenden Barthaares, eines anderen Haares oder einer Feder im Dunkeln, nahm Abschied, und schon saß sie unterm Sofa, die gelben Augen weit aufgerissen, fauchte und klopfte mit dem Schwanz auf den Fußboden. Ein blaugestirnter Papagei flog gegen das Fenster, die Käfer saßen in den Ritzen, die Ameisen waren nicht zu sehen. In der völligen Finsternis, die jetzt herrschte, leuchteten allein die Bilder im Buch – die Königstochter und ihre sieben Begleiter in Kosmonautenanzügen saßen besorgt jeder auf seiner Buchseite, jeder in seinem Rähmchen.

Kurze Zeit darauf fand Ba sich verwundert in einem Käfig wieder, in einem Raum ohne Fenster, aber erleuchtet von gleichmäßig weißem Licht.

Sie fand sich mir ihrer neuen Lage ab, war nicht neugierig, wollte nicht ausbrechen, zerkratzte nicht die Tür des Käfigs, sondern leckte ihr flauschiges Fell, drehte sich von einer Seite auf die andere und hungerte geduldig. Zu essen wurde ihr hin und wieder eine tote Maus gebracht und bald darauf wieder weggetragen. Ba rührte die Speise nicht an und dachte mürrisch, daß man den armen Mick sicher mit Würmern füttere, und die Käfer und Ameisen besprühe man vielleicht mit einem Insektenmittel, statt ihnen Futter zu geben. Umbringen konnte man sie Gott sei Dank nicht, aber sie hatten weiß Gott genug Unannehmlichkeiten zu ertragen, die Armen. Ba sann bekümmert darüber nach, daß sie wie eine Herrscherin über das Leben der anderen bestimmt hatte – sie hätten in aller Ruhe leben, auf Harfen, Klaviertasten und Trompeten spielen und Blumensäfte trinken können, hier aber hatten sie eine erbärmliche Existenz in Gefangenschaft! Papa würde sich in den nächsten tausend Jahren absichtlich nicht an sie erinnern, seine Hand würde natürlich sehr weh tun, aber er ertrüge es zum Wohl seiner geliebten Tochter, in der Überzeugung, daß sie die Schwierigkeiten des Lebens im Hohen Norden bewältigen werde und diese Erfahrung gut für sie sei, jedenfalls besser, als die geheime ärztliche Behandlung in der unterirdischen Klinik.

Zu Bas eigener Verwunderung gedachte sie nun des alten François, der solch ein böses Spiel mit ihr und ihren Freunden getrieben hatte. Marie Arouet hätte seine Phantasie ein bißchen anstrengen und in seinen Katalog nicht Katzen, Vögel und Insekten aufnehmen sollen, sondern Tiger, Löwen und Antilopen zum Beispiel. Obwohl, was ist an deren Leben schon gut – fette tote Karnickel fressen oder stundenlang Stroh kauen!

Das beste wären Vögel gewesen! dachte die Katze. Aber Würmer fressen? Oder Schmetterlinge! Die ernähren sich ebenfalls von Blumensaft, aber das Leben einer Raupe ertragen?

Ich hätte mich doch mit François anfreunden, ihm ein gutes Wort sagen sollen, quälte sich Ba... Es ist immer von Nutzen, sich mit anderen gut zu stellen, sonst kommt die Stunde, wo du dein grobes Wort bereust.

Die Königstochter rollte sich auf die Seite und kniff die Augen zusammen, sie hatte nicht mehr die Kraft, die ihr vorgesetzte Maus anzusehen.

Andererseits ist es gut, daß wir hier nicht wir selbst sind, wir hätten uns gegenseitig nur gequält und geschunden, und Papa hätte sie ausrotten müssen... Krieg in unterirdischen Bunkern, Blut... Töten ist nicht gut. François hat das vielleicht alles vorausgesehen.

Von Zeit zu Zeit erschien eine Chejanerin, die die Katze pflegte, sie wechselte dabei den Sand und die Maus, verlor kein Wort und verschwand wieder. Die Chejanerin war ein sehr blasses, liebes Mädchen mit einem gefährlichen grünlichen Schimmer. Ba wußte aus eigener Erfahrung, wie sehr sich diese blaßgrüne unterirdische Nation nach dem Himmel und den Wolken sehnen mußte, und dachte zum erstenmal, daß Papa den Planeten Che nicht so nackt hätte machen müssen, nicht einmal seiner einzigen Tochter zuliebe, um so mehr da alles sich in ein Gefängnis verwandelt hatte.

Im weiteren entwickelten sich die Ereignisse sehr seltsam, denn Ba wurde – das war wohl die Rache des alten François – immer mehr zur Katze und fraß eines Tages mit wilder Gier eine halbtote Maus. Zu diesem Zeitpunkt kam sie allerdings bereits buchstäblich um vor Hunger.

Mehr noch, nach einer Weile begann sie sich wie wild auf dem Kissen herumzuwälzen, heiser zu miauen und sogar zu heulen. Was ist los mit mir? dachte Ba wie im Traum. Ich habe eine Stimme, ich lebe, ich kann nicht mehr allein sein. Mick, Mick!

Statt Mick kam die freundliche Chejanerin mit einem blaßgrünen Kater unterm Arm. Während ihres Besuchs stand der Käfig offen, und Ba kroch augenblicklich hinaus und rannte sogleich zur offenen Tür, hinter der ein enger, beleuchteter Tunnel begann. Ein Vorübergehender fing Ba rasch wieder ein, strich ihr über das rosa Fell und brachte sie zurück. Ba hatte aber die niedrigen Hütten der Chejaner erspähen können. Wie sie hier leben, die Armen, dachte sie, als man sie zu dem Kater setzte. Ba gab dem Kater gleich eins auf die Schnauze, kehrte in den Käfig zurück und schloß mit der Pfote die Tür hinter sich. Der Kater wurde wieder weggebracht. Ba fing erneut mit ihrem finsteren Geheul an, während sie bei sich dachte, daß die Spiele mit dem Kater nicht ohne Ergebnis geblieben wären, sie hätte blaßgrüne Katzenkinder zur Welt gebracht.

Als sie noch Königstochter war, hatte sie nie an Kinder gedacht, sie hatte immer das Beispiel des Vaters vor Augen, der sich stets an die Stelle faßte, wo der abgehackte Finger schmerzte. Wenn Ba gewollte hätte, hätte sie sich zwanzig Kinder anschaffen können. Aber ohne Finger und Zehen herumlaufen…?

Wenn dieser alte Dummkopf François, dachte Ba wütend, einen Kater und eine Katze gemacht hätte und der Kater Mick gewesen wäre! O Mick, Mick! Wir beide hätten wunderhübsche Kinder gehabt!

Es gab aber nur einen Papageien, und wer weiß, wo der jetzt steckte.

Wie würde so eine Mischung aus Katze und Papagei aussehen, sann Ba nach und heulte wieder vor Leid auf, als sie sich einen Papageien mit Ohren auf vier Vogelfüßen oder einen zweibeinigen Kater mit Flügeln, dafür mit spitzen kleinen Zähnchen im Schnabel, vorstellte! Entsetzlich!

Ba schrie noch zwei Wochen lang. Dann beruhigte sie sich, schlief ein bißchen, fraß eine frische Maus, leckte sich sauber und dachte mit Dankbarkeit daran, daß es ihr gelungen war, sich zu beherrschen und in ihren Träumen von kleinen Katzenkindern nicht so tief zu fallen.

Sie hatte sich bereits einen einfachen Rettungsplan ausgedacht, aber allein wollte sie sich nicht befreien.

Eines Morgens wurde ein Käfig mit Papagei in den Raum gebracht! Mick saß finster auf der Stange, zerrupft, mager, neben ihm irgendein unterirdischer Vogel des Planeten mit großen Ohren, offenbar ein Weibchen! Mick schenkte ihm keinerlei Beachtung und hatte seine Augen geschlossen.

Was für ein Glück, Mick! dachte Ba, aber irgend etwas Schreckliches ging mit ihr vor – sie machte einen Buckel, leckte sich das Maul, schlug mit dem Schwanz, setzte sich auf die Hinterpfoten usw. und so fort. Ihre Augen sprühten Funken, das spürte Ba. Sie war furchtbar neugierig, in ihr erwachte ein merkwürdiges Gefühl der Gier und der Zielsicherheit: Sie wußte, sie würde nicht vorbeispringen, und wartete ungeduldig auf den richtigen Moment. Sie fing sogar zu schnurren an. Aber die Stäbe waren im Wege, die Stäbe!

»Miststück«, sagte Mick klar und deutlich.

Ba war ganz verdattert, nur ihre eiserne Disziplin und Haltung, die ihr in fünfhundert Jahren königlichen Daseins anerzogen worden waren, zwangen sie, die Position einer Jagdkatze nicht um einen Millimeter aufzugeben. Wir verstehen kein Wort, sagte Ba mit ihrer Körpersprache, während sie mit dem Schwanz auf den Boden klopfte. Ba gefiel es nicht, daß Mick offen in der Menschensprache redete, wer weiß, was die Chejaner alles verstanden.

»Ich will Brei«, knarrte Mick. »Miststück. Ich will Brei, dummes Ei.«

Dann war Stille, Gott sei Dank! Mick spielte den dummen

Papageien, der irgendwelche Gedichte auswendig gelernt hatte.

»Ich will Brei«, fuhr Mick fort. »Ich kann nicht mehr leben.« Er genoß die Möglichkeit zu reden, und seine Freundin hing mit dem Kopf nach unten an der Stange.

Diese blöde Gans mit Ohren kann er nicht lieben, ich habe schließlich auch den Kater weggejagt! dachte Ba und saß weiterhin gespannt auf der Lauer.

»Miststück«, knarrte Mick gleichgültig.

Mein Gott, wie ich ihn liebe, dachte Ba, während sie die Ohren anlegte und fauchte. Zum Fressen gern hab ich ihn!

Indes wurden durchsichtige kleine Terrarien in den Raum gebracht, aber Ba beachtete sie nicht, sondern schaute gierig auf Mick.

Schließlich wurde sehr helles Licht angeschaltet und einige Menschen hereingelassen, wie im Zoo.

Die Chejaner, fahl wie Schatten und bekleidet mit schwarzen Festtagskleidern, wirkten durch ihr ordentliches Aussehen, ihre Magerkeit und den Ausdruck von kindlicher Neugier, mit dem sie Ba und Mick betrachteten, durchaus eindrucksvoll. Mit noch größerem Interesse aber schauten sie sich die gläsernen Kästchen an.

Sehr gute Geschöpfe, dachte Ba, die noch immer gespannt auf ihrem Kissen saß, als wolle sie gleich lospringen. Sympathische Leute. Gut, daß Vater nichts von ihnen weiß. Oder doch?

Ein ganz kleiner Chejaner versuchte hochzuspringen, um die Aquarien sehen zu können, ein großer Chejaner, offenbar der Vater, nahm das gläserne Kästchen vom Tisch und zeigte es dem Kleinen. Ba entdeckte im Terrarium Käfer! Vier große und einige kleine...

Sie nahm alle Kräfte zusammen, um nicht loszuheulen, und gähnte absichtlich gleichgültig, so wie alle Katzen, die sagen wollen, daß ihnen alles egal ist auf der Welt. Ba hatte mit ihrer Katzenvernunft nun offensichtlich begriffen, daß es schwer war, aus dem eigenen Käfig in einen anderen zu springen. Sie rollte sich zusammen, doch ihre Gedanken arbeiteten fieberhaft.

Nun waren sie alle vereint. Es gab einen Ausweg. Das Volk war nett, freundlich, obzwar bis an die Zähne bewaffnet. Die Nacht mußte abgewartet werden – obwohl, die Nacht brach hier nicht an, denn sie war ewig. Als der Strom der Chejaner zurückflutete, wurde die Tür von außen verschlossen, das Licht blieb an.

Ba legte sich bequemer hin und zog mit der Kralle einen Faden aus dem Kissen.

Mick knarrte, und die Königstochter war froh, daß das Geräusch des Fadens seine Stimme übertönte. In diesem Schrei lag nichts Gutes. Mick sagte monoton und rhythmisch, daß es besser sei, in einem Steinsarg zu sitzen und Bratpfannen abzulecken, als die Ewigkeit in Gestalt eines Insekts zu verbringen. Dann sagte er wieder, daß er nicht leben wolle. Dann sagte er, daß niemand über das Schicksal eines anderen Menschen bestimmen könne usw. Ba aber zog immer weiter am Faden und hatte schließlich das Kissen auf der einen Seite aufgetrennt, sie kroch in die Hülle und begann methodisch ihr Fell abzusuchen, in der Hoffnung, in der Dunkelheit ein leuchtendes Haar zu finden. Es fand sich eins, es leuchtete schwach neben einer Kralle der Vorderpfote. Ba zog es mit den Zähnen heraus, und der Käfig sprang mit einem lauten Krach auf. Ba stand in ihrem Kosmonautenanzug auf dem Tisch, das Kissen lag auf dem Helm. Sie öffnete augenblicklich Micks Käfig, griff gierig wie ein Raubtier nach ihm, so daß er nur kurz mit den Flügeln schlagen und einmal quäken konnte, und stopfte ihn ins Kopfkissen. Dort verstummte Mick, sein Herz klopfte wild – das kleine Herz eines erschrockenen Vogels. Ba wartete, Mick lag unbeweglich da.

So merkwürdig es war, das Vögelchen mit den Ohren war erschrocken. Es begann rührend zu tschilpen. Es breitete die riesigen häutchenartigen Flügel aus.

Ba wartete. Micks Herz klopfte immer leiser.

»Wenn du jetzt stirbst«, dachte Ba laut, »dann sehen wir uns nie wieder. Du stirbst nicht für mich.«

Der Vogel im Käfig heulte, Mick lag regungslos da.

»Wie du willst«, sagte Ba in Gedanken, »dann bleib eben hier, auf Che.«

Sie zog Mick aus dem Kissen und legte ihn in den Käfig zurück. Das Vögelchen mit den Ohren flatterte über ihm und sortierte seine Federn. Ba beugte sich über die Glaskästchen, auf den Vogelkäfig warf sie keinen Blick mehr.

»Ich möchte euch fragen, wollt ihr ewig leben, oder wollt ihr als Insekten sterben? Ihr könnt wählen.«

Die vier Käfer sandten Ba ihre bittenden Signale. Die Ameisen kamen in Bewegung. Die Käfer warteten. Zwischen ihren Beinchen krochen neue Käfer. Die Ameisen hielten traurig ihre gewickelten Kinder auf dem Arm. Ba dachte nach. Schließlich nickte sie, bedeckte beide Glaskästchen mit dem Kissen, aber es geschah nichts. Die Ameisen und Käfer blieben bei ihren Kindern, sie wollten sich nicht in Kosmonauten zurückverwandeln. Der Papagei stellte sich, gestützt von dem Vogel mit den Ohren, schwankend auf die Beine und knarrte: »Leb wohl, Kindchen, leb wohl.«

Ba nickte und bestieg eilends das Raumschiff – denn ein wütendes Mädchen ist zu allem fähig – und traf sich schon am selben Abend mit ihrem Vater.

Der Vater saß leuchtend auf dem Thron.

»Hattest du keine Langeweile?« fragte er. »Du siehst ja ganz munter aus.«

Ba schluckte die unsichtbaren Tränen hinunter und entgegnete: »Oh, mir war nicht langweilig. Papa, ich habe dort noch eine Sonne, Schafe und Gänse hinzugefügt... Und Papa, dort leben Menschen. Sie kamen aus der Erde gekrochen. Ein ganzes Volk.«

»Streiten sie sich nicht?« fragte der Vater zweifelnd.

»Sie bauen.«

»Idyllen gibt es nicht«, meinte der Vater.

»So ist das Leben, nicht zu ändern«, entgegnete die Tochter. »Es kommt vor, daß sie sich raufen. Papa, ich habe mich ein bißchen mit der Wissenschaft der Verwandlung befaßt.«

»Das ist verboten«, sagte der Vater streng.

»Es ist eben passiert«, meinte die Tochter, »ich habe zehn Käfer, große und kleine, sechs Ameisen und zwei Vögel in Menschen verwandelt. Ich hatte die Pflicht, das zu tun. Sie sind mit ihren Kindern auf dem Planeten Che geblieben.«

»Was für ein Schlitzohr er doch ist, dieser François Marie Arouet«, entgegnete der Vater.

Ba begriff nun alles, baute einen neuen Palast für die Werke von François, wohin sie vorläufig nur das Buch mit den Bildern legte. Auf den Bildern leckte sich eine rosa Katze, blinzelte ein trauriger Papagei, berieten sich vier Käfer, und Ameisen trugen schnaufend eine Tannennadel.

François brütet übrigens schon wieder etwas Neues aus.

MARIANNES GEHEIMNIS

Es war einmal ein sehr dickes Mädchen, das nicht ins Taxi paßte. In der Metro nahm sie die gesamte Breite der Rolltreppe ein.
Sie saß auf drei Stühlen, schlief auf zwei Betten und trat im Zirkus als Gewichtheberin auf.
Sie war ein sehr trübseliges Mädchen, dabei sind viele dicke Leute glücklich!
Sie zeichnen sich durch eine sanfte Natur und ein gutes Herz aus, und überhaupt – die Menschen mögen dicke Leute.
Unsere dicke Marianne aber barg ein Geheimnis: Nur nachts, wenn sie sich in ihrem Hotelzimmer befand (es handelte sich um einen Wanderzirkus), wo für sie wie immer drei Stühle und zwei Betten zusammengeschoben wurden, nur nachts war sie sie selbst, das heißt, sie verwandelte sich in zwei sehr hübsche Mädchen von normaler Statur, die traurig zu tanzen anfingen.
Das Geheimnis von Marianne bestand darin, daß sie vor einiger Zeit auf der Bühne als Zwillingsmädchen von ungewöhnlicher Schönheit getanzt hatte, wobei die eine zur besseren Unterscheidung goldblonde Haare besaß und die zweite kohlrabenschwarze Locken, so daß die Zuschauer genau wußten, wem sie welche Blumen geben mußten.

Natürlich verliebte sich in die Blonde ein Zauberer, die andere Schwester aber, die schwarzgelockte, wollte er in einen elektrischen Pfeifkessel verwandeln, damit dieser Kessel das junge Paar überallhin begleitete und mit seinem Zischen und Pfeifen immer daran erinnerte, daß die schwarze Schwester den Zauberer nicht riechen konnte und der Braut ständig von einer näheren Bekanntschaft mit ihm abgeraten hatte.

Als der Zauberer mit seinem Stock die Unglückliche gerade berühren wollte, blies sich die Blonde so sehr auf, daß sie ganz rot wurde, ins Schwitzen kam und nicht schlechter als ein Teekessel zu zischen und zu brodeln anfing. Der Zauberer sah ein, daß er seinen Plan vergessen konnte.

»Solche Weiber«, sagte er (er war bereits siebzehnmal verheiratet gewesen und wußte, wovon er sprach), »solche Weiber sind schlimmer als ein Teekessel. Einen Kessel kann man abstellen, ein brodelndes Weib aber nicht.«

Er beschloß, das geräuschvolle Schwesternpaar zu bestrafen.

Das Ganze spielte sich hinter den Kulissen im Korridor des Theaters ab, wo er sie gleich nach ihrem Auftritt abfing, um der Blondine einen Heiratsantrag zu machen. Darin war er Meister, es geschah ja nicht zum erstenmal.

Aber wenn ihm etwas, was er sich in den Kopf gesetzt hatte, nicht gleich glückte, verlor er sofort das Interesse, gähnte und schmiß alles auf halber Strecke hin.

Er verwandelte seine Nicht-Bräute und Nicht-Frauen in alles, was ihm in den Kopf kam: in Trauerweiden, Wasserhähne, Springbrunnen.

Ihm gefiel, wenn sie ihr restliches Leben weinen mußten.

»Ihr werdet noch heulen«, sagte er und stellte sich den Schwestern im engen Korridor, auf dem die Artisten hin und herliefen, in den Weg.

»Wirklich?« entgegneten die Schwestern. »Weißt du auch, daß die Fee Brotbutter bei unserer Geburt zugegen war und gesagt hat, daß derjenige, dessentwegen wir weinen müssen, sich in eine Kuh verwandelt! Und er wird fünfmal am Tag gemolken! Und muß sein ganzes Leben im Mist stehen!«
»Da habe ich viele Möglichkeiten«, lachte der Zauberer, »erstens kann ich zaubern, daß ihr ewig trockene Augen habt! Nummer eins! Und zweitens, und zweitens werdet ihr einander niemals wiedersehen! Wenn ihr so gemein seid!«
Aber die Schwestern wandten ein: »Die Fee Brotbutter hat auch das vorweggesehen. Sie sagte, wer uns trennt, der verwandelt sich in eine Durchfallbakterie und muß sein ganzes Leben unter den fürchterlichsten Bedingungen in Krankenhäusern zubringen!«
»Noch besser«, rief der Unglücksbräutigam, »dann werde ich euch für immer vereinen, so soll es sein. So seid ihr immer zusammen. Und die Fee Brotbutter wird zufrieden sein. Wenn es euch nur nicht (und da kicherte er leise) auseinanderreißt. Doch in diesem Fall beneide ich weder euch noch die zukünftige Durchfallbakterie.«
Da sagten die Zwillinge: »Das klappt nicht! Brotbutter hat gezaubert, daß wir zwei Stunden am Tag unter allen Umständen und bei jedem Wetter zusammen tanzen müssen!«
Der Zauberer überlegte eine Weile und antwortete: »Na, das ist kein Problem. Einmal am Tag geht. Wenn euch niemand sieht, werdet ihr zwei Stunden am Tag tanzen und euch in bitterer Einsamkeit die Haare raufen!«
Da erbleichten die Zwillinge, fielen sich um den Hals und verabschiedeten sich voneinander – aber weinen konnten sie nicht mehr.
Der Zauberer tippte sie grinsend mit seinem Zauberstab an,

und im nächsten Augenblick stand vor ihm ein Mädchenberg, bleich und erschrocken, mit einer Brust wie ein Kissen, einem Rücken wie eine Luftmatratze, einem Bauch wie ein Sack Kartoffeln.

Schnaufend kroch das Mädchen zum Spiegel, stöhnte auf und fiel in Ohnmacht.

»Nun habt ihr den Schlamassel«, sagte der Zauberer traurig und verschwand.

Warum traurig? Weil das Leben sich ihm immer nur von der schlechten Seite zeigte, obwohl er zaubern konnte.

Richtiger gesagt, er hatte überhaupt kein Leben.

Niemand liebte ihn, nicht einmal Papa und Mama, die er deshalb in seine Hausschuhe verwandelt hatte.

Und diese Hausschuhe gingen ihm natürlich ständig verloren.

Der Zauberer rächte sich an allen, die ihn nicht leiden konnten, er machte sich lustig über die armen, schutzlosen menschlichen Wesen, und diese wiederum zahlten ihm das mit Angst und Haß heim.

Der Zauberer hatte alles – Paläste, Flugzeuge und Schiffe –, aber die Menschen liebten ihn nicht.

Wenn sich möglicherweise eine Seele gefunden und sich um ihn gekümmert hätte, dann hätte er gestrahlt wie die Kupferpfanne einer fleißigen Hausfrau.

An dieser Stelle wollen wir den Zauberer verlassen, er wandert irgendwo auf der weiten Welt herum. Unsere Dicke aber war nach der Verwandlung noch am selben Abend von der Wache aus dem Theater hinauskomplimentiert worden, sie konnte nicht einmal mehr die Tasche mit dem Geld holen, die den beiden Schwestern gehörte: Wer war sie denn, daß sie einfach anderer Leute Taschen nehmen wollte!

Marianne (ehemals Maria und Anne) verhungerte beinahe in der ersten Zeit: Sie konnte nicht mehr tanzen und Geld verdienen, und wer gibt so einer Dicken schon Almosen?
Ein beleibter Bettler muß auf der Stelle an einem abgeschiedenen Plätzchen abmagern.
Und er wird abmagern, das versichere ich Ihnen.
Unsere Marianne aber konnte gar nicht dünner werden, auch wenn sie überhaupt nichts gegessen hätte – dafür konnte sie sich beim Zauberer bedanken.
Übrigens scheinen viele dicke Leute verzaubert zu sein: Wie sie auch hungern, sie kommen immer wieder auf ihr altes Gewicht zurück, als seien sie verwunschen!
Unsere Marianne wurde also nie wieder zum Paartanzen eingestellt. Erstens, wie soll ein einzelnes Mädchen Paartanz machen? Zweitens, sie war viel zu dick. Und drittens, niemand kannte sie, und wie jeder weiß, kommt man zum Ballett und zur Bühne nur über Beziehungen.
Aber in der Nacht, wenn Marianne allein war, verwandelte sie sich in zwei sehr schlanke Ballerinen und tanzte, vor Schwäche stolpernd, Charleston, Rock'n'Roll und den Pas de deux aus *Dornröschen*. Und niemand sah sie dabei, so, wie es der Zauberer vorhergesagt hatte.
Schließlich fand sie eine Lösung, wie sie ihre Lage verbessern konnte: Sie ging zum Zirkus und schlug dem Direktor folgende Attraktion vor: das Aufessen eines gebratenen Ochsen innerhalb von zehn Minuten.
Die Idee gefiel der Zirkusdirektion, und es wurde eine Probe angesetzt, auf der die hungrige Marianne den Ochsen in viereinhalb Minuten auffraß!
Der Ochse war allerdings klein und mager, die Direktion wollte keine großen Ausgaben riskieren.

Als sie den Ochsen verspeist hatte, spürte Marianne Kräfte in sich wachsen, und sie hob zum Spaß den Direktor und den Verwalter hoch, jeden mit einem kleinen Finger, und trug sie durch die Manege.

Auf der Stelle wurde ein Vertrag mit der »stärksten Frau der Welt und dem Champion der Tumbu-Tumbu-Inseln« abgeschlossen.

Was den Ochsen betraf, so wurde er gar nicht mehr erwähnt, er wäre dem Zirkus zu teuer gekommen.

Nun hob Marianne allabendlich ein Pferd mit Wagen hoch, eine Dampflok und, zum krönenden Abschluß, die gesamte erste Zuschauerreihe samt Bestuhlung.

Nur unter diesen Bedingungen legten die Leute ihr Geld hin, in der Kunst muß man das Publikum in Erstaunen versetzen, sonst verreckt man.

Ganz atemlos ging sie nach der Arbeit in ein Restaurant, wo sie einen gebratenen Hammel aß, eine ganze Kanne Milch trank und dann, ohne zu zahlen, in ihr Hotel fuhr.

Ihr Abendessen war ein Reklametrick des Restaurants. Hier versammelten sich Mariannes Fans, die Wetten abschlossen, in wieviel Minuten sie es schafft, den Hammel aufzufressen.

Genauso fröhlich verliefen ihre Kleidereinkäufe – die Schneider nähten für Marianne und luden zur Anprobe das Fernsehen ein und engagierten auch noch Fotografen: Hier seht ihr Marianne davor – und hier danach. Schaut, wie das Kleid sie schlanker macht!

In den Zeitschriften wurden Fotos von der fröhlichen Dicken mit dem hübschen Frätzchen abgedruckt – wegen der Verdopplung war natürlich ihre Nase größer geworden, die Augen waren einfach riesig und die Zähne so kräftig und weiß, daß sich alle Zahnpasta- und Zahnbürstenhersteller auf sie stürzten und sie anflehten, Reklame für ihre Produkte zu machen!

Das heißt, sie wurde wohlhabender, als sie je war.

Ihre eigenen, nächtlichen Tänze, die sie sich selbst aufgebürdet hatte, als sie sich für den leichtgläubigen Zauberer die Fee Brotbutter ausgedacht hatte, ermüdeten sie jetzt sehr.

Sie hatte ja beinahe schon vergessen, daß zwei Seelen in ihr wohnten, diese Seelen schwiegen und weinten ohne Tränen im dunklen Gefängnis, zu dem der mächtige Körper von Marianne geworden war, an ihrer Statt wuchs eine völlig neue Seele – eine fremde, dicke und verfressene, frech und fröhlich, gierig und rücksichtslos, scharfsinnig, wenn es um Vorteile ging, und grimmig, wenn ihr alles egal war.

Es ist schließlich kein Geheimnis, daß in einem Menschen manchmal die frühere Seele verschwindet und sich eine neue herausbildet, vor allem wenn viel Geld ins Portemonnaie kommt.

Mariannes neue Seele wußte sehr gut, welche Journalisten sie vor dem Interview zum Mittagessen einladen mußte und wann sie in den Club der unterdrückten Dicken zu gehen hatte und wann den Waisenkindern Firmengeschenke zu überreichen waren.

Tänze interessierten sie nicht mehr. Diese zwei Seelen, die das Recht hatten, für zwei Stunden in der Nacht zu erwachen, brachten ihre Lebensordnung durcheinander, sie kannten die Pläne für den nächsten Tag nicht, wußten nicht, daß das Flugzeug früh um sechs Uhr losflog, und konnten Gewinne und Verluste nicht ausrechnen. Dafür erinnerten sie sich an den unpassendsten Stellen an die Heimat, an Vater und Mutter, an alles, was auf immer verloren schien – womit sie die vorgesehene Nachtruhe störten.

Besonders kompliziert wurde es, als Marianne einen Bräutigam bekam, einen blassen jungen Mann mit dem Namen Waldemar, der sofort die Buchhaltung und alle Verhandlungen übernahm.

Ihn störte es, daß Marianne jeden Abend für zwei Stunden verschwand und, wenn sie wiederkam, aussah wie ein abgehetztes Pferd, sich nicht mal mit ihm unterhalten wollte und das Telefon abstellte.

Er begriff nicht, wofür diese zwei Stunden gut sein sollten, und machte Marianne jedesmal einen Riesenskandal.

Marianne liebte ihn und teilte ihm ein großes Gehalt zu, außerdem beschäftigte sie seine Schwester Nelly, aber über die zwei Stunden konnte sie ihm nichts berichten.

Eines Tages verkündete ihr Nelly, Waldemar habe mit einer gigantischen Reklamegesellschaft einen Vertrag über eine Abmagerungskur abgeschlossen: Es handle sich um zwei Firmen, die sich mit Schönheitsoperationen und mit speziellen Diätprogrammen befaßten.

Wobei die beiden Firmen ihr persönlich ein riesiges Honorar zahlen würden!

Solch eine Chance dürfe man sich nicht entgehen lassen, sagte Nelly. Waldemar sei gerade auf Dienstreise in den beiden Amerikas und käme gerade rechtzeitig zum Finale zurück, um eine verjüngte, schlanke Braut vorzufinden.

»Toll, dann kann ich wieder tanzen«, sagte Marianne, die vergessen hatte, daß im Falle einer Abmagerung ihre beiden Seelen vor Schwäche sterben würden.

Nelly erklärte, sie gehe auch in diese Klinik und lasse sich ebenfalls verjüngen und an ihrem Gesicht etwas basteln.

»So müssen Sie nicht allein leiden«, lachte die für gewöhnlich finstere Nelly.

Marianne wurde in die Klinik gebracht, wo erfahrene Chirurgen sie von allen Seiten fotografierten und diese Fotos für die spätere Sensationsmeldung aufhoben. Marianne wurde nach unten geführt, immer tiefer und schließlich in einem Zimmer eingeschlossen, mit allem Komfort, dafür ohne Fenster.
Marianne verstand überhaupt nichts, sie wollte telefonieren, doch es gab kein Telefon, sie klopfte an die Tür, aber es kam niemand.
Sie klopfte hartnäckiger, sie hämmerte an die Tür, bis ihre Hände bluteten, alles umsonst.
Mit blutigen Händen sank sie auf den Boden und verstummte, doch plötzlich hörte sie von weitem Musik, wie immer vor den Tänzen, und auf einmal erblickte sie ihre schmale Schwester Anne, verwandelte sich selbst in Maria und drehte sich mit ihrer Schwester im Kreis.
Offenbar war es Nacht, und die melancholischen Mädchen tanzten mit blutiggeschlagenen Händen.
Sie erzählten einander, was sie schon lange vermuteten. Offenbar sei dies das Ende, offenbar wolle Waldemar sich seiner Braut entledigen, um an ihr Geld ranzukommen, die Klinik sei bestimmt nur eine Falle.
Doch kaum war der Tanz zu Ende, verschlang die dicke Marianne gierig das Mittagessen, das plötzlich auf dem Fußboden stand.
Nach dem Essen verspürte sie eine große Schläfrigkeit, sie konnte gerade noch mutmaßen, daß das Essen vergiftet war, und fiel da nieder, wo sie stand, vor dem Wandschrank.
Als sie wieder zu sich kam, beschloß sie, um ihr Leben zu kämpfen, nie wieder etwas zu essen, sondern nur Leitungswasser zu trinken. Aber Sie kennen ja die Dicken, sie kommen keine Stunde ohne Essen aus, und so mußte Marianne

wieder das essen, was auf dem Fußboden stand, einen Topf fetter Suppe mit Fleischknochen.

Worauf sie förmlich auf das Bett krachte und wie bewußtlos dalag, bis die Musik ertönte, die die nächtlichen Tänze ankündigte.

Maria und Anne tanzten mit großer Anstrengung einen schwerfälligen, langsamen Walzer, einen Abschiedswalzer, denn es war klar, die dicke Marianne sollte vergiftet werden.

Einen großen Teil der Zeit sprachen die Schwestern vom Tod, sie beteten und weinten ohne Tränen, sie verabschiedeten sich voneinander, erinnerten sich an ihre Kindheit, an Papa, der so früh gegangen, an Mama, die dem Vater gefolgt war und ihre Kinder allein zurückgelassen hatte.

Dorthin, in unbekannte Gefilde, führte nun auch der Weg der beiden Schwestern.

Am nächsten Tag konnte Marianne nicht einmal mehr aufstehen und zum Wasserhahn gehen.

Sie lag da, niedergedrückt von ihrem mächtigen Gewicht, und redete leise mit verschiedenen Stimmen, wobei eine Stimme klagend und vorwurfsvoll war, die andere gut und zärtlich.

»Hättest du den Zauberer geheiratet, dann wäre uns das alles erspart geblieben.«

»Klar, und du würdest jetzt als Teekessel vor dich hinpfeifen.«

»Mensch, wir hätten den Zauberer doch überredet! Und außerdem, besser als Teekessel leben als im Gefängnis sterben!«

»Reg dich nicht auf«, entgegnete die andere, gute und zärtliche Stimme, »bald bringen uns die Engel zu Papa und Mama.«

»Wir brauchen nichts«, jammerte Marianne, »kein Geld, keinen Waldemar, wenn man uns wenigstens auf der Insel Man-Wan leben läßt!«

»Das wäre schön«, antwortete Marianne sich selbst.

Da geschah ein Wunder: Mit einem leisen Geräusch öffnete sich eine Wand, und die ungläubige Marianne verspürte einen feuchten, nächtlichen Hauch.

Ins Zimmer krochen Nebel und der Geruch von Jasmin und Flieder.

Mariannes Bett stieß mit dem Kopfteil an einen Heckenrosenstrauch, und die Blumen, rosa und klein, hingen über dem Kopfkissen.

Ungläubig und mit großer Mühe erhob sich Marianne, kroch in den Garten und plumpste in die Brennesseln, wo ein Regen von Tau und Blättern auf sie fiel.

Mit ausgetrocknetem Mund leckte Marianne ihre feuchten Arme ab, sprang auf – die leise Musik ertönte bereits – und begann im Gebüsch zu tanzen, einen Libellen- oder einen Fliegentanz.

»Hast du begriffen? Wir sind im Paradies!« rief Maria fröhlich.

»Oh, schon?« weinte ohne Tränen Anne. »Und was ist mit meinem Leben? Ist es vorbei?«

Plötzlich wurden die beiden Ballerinen mit eisernem Griff gepackt. Es waren kleine Männchen ohne Flügel, in weißen Kleidern – eine normale Wache in Nachthemden, mit Pistolen bewaffnet.

Die Ballerinen wurden gefaßt und gewaltsam weggeschleppt, obwohl sie sich nicht sträubten, nur Anne piepste: »Oh, das ist wohl doch nicht das Paradies.«

Die Gefangenen wurden offensichtlich durch eine Rosenhecke gezerrt, denn ihre Arme und Schultern waren blutig gekratzt, so daß sie, als sie in der Wachstube verhört wurden, einen wilden Anblick boten.

Es wurde ein Protokoll über unbefugtes Betreten der verbotenen Zone aufgestellt, dann wurden die Verhafteten eindringlich danach befragt, ob sie eine Strafe in Höhe von drei Millionen auf der Stelle bezahlen könnten, denn dann würde man sie freilassen.

»Wie denn?« fragte die blonde Maria. »Wir kennen hier überhaupt niemanden, wir sind hier auf der Durchfahrt! Wir sind Tänzerinnen aus dem Ballett!«

»Mensch, sind Sie verrückt?« schrie die schwarzhaarige Anne, »fangen ohne jeden Grund Leute ein! Wir werden uns beschweren!«

»Bitte! Wenn ihr kein Geld habt, dann werdet ihr zu lebenslanger Gefängnishaft verurteilt!« sagte der Wärter bekümmert. »Habt ihr denn nicht mal zwei Millionen? Wir machen's auch billiger.«

Doch da passierte etwas Merkwürdiges: In das Wächterhäuschen drang der zweite Wachsoldat und krächzte: »Wer ist das? Das ist sie nicht! Ihr habt sie verpaßt! Was habt ihr die ganze Zeit bloß gemacht? Nelly heult wie ein angestochenes Wildschwein! Eine Dicke muß es sein, und die hier... Woher kommen diese zerlumpten Bügelbretter? Nelly ist auf dem Weg hierher!«

Und tatsächlich, in das Häuschen drang in Begleitung einer Ärztekommission eine Frau mit verbundenem Gesicht – offensichtlich direkt vom Operationstisch –, erkennen konnte man sie nur an der Stimme, tief und böse: »Wo? Wo ist sie? Das hier? Ihr wollt wohl ins Strafbataillon? Wofür habe ich euch engagiert? Sobald sie rauskommt, sofort schnappen und umbringen! Wen wollt ihr mir denn hier unterschieben?«

»Wir haben genau an der Stelle gestanden, wo die Wand sich geöffnet hat... Und diese Affenschwänze...«, verteidigte sich der Wachsoldat. »Weiter war niemand da.«

»Was soll das heißen, du Bandit! Was soll das heißen? Ich schicke dich nach Man-Wan! Hast du etwa vergessen, wie deine Strafe lautet? Waldemar hat alles für dich getan, hat dich vor dem Galgen gerettet! Und du? Nichtsnutz! Kämmt den ganzen Garten durch! Und die beiden bringt in verschiedene Zimmer und verhört sie, vielleicht haben sie was gesehen.«

Und damit schwebte Nelly mit ihrer ärztlichen Gefolgschaft davon.

Im Zimmer blieb der Chef der Wache zurück, der die Millionen haben wollte.

Mit einem süßen Lächeln sagte er: »Ihr erzählt mir jetzt alles! Ich habe da meine Methoden... Oho... Ihr werdet noch gestehen, daß ihr die Dicke selbst umgebracht und aufgegessen habt... Im rohen Zustand. Eine andere Lösung gibt es nicht... Und ihr werdet hingerichtet! Und wir kriegen drei Millionen für die Arbeit... Meine Folter ist so schrecklich! Die werdet ihr jetzt genießen! Gesteht lieber gleich, damit ihr vor dem Galgen nicht noch leiden müßt... Ihr habt sie doch aufgegessen?«

Aber offenbar waren in diesem Augenblick die zwei Stunden vorüber, denn Maria zog es unbändig zu Anne und umgekehrt. Der Wachsoldat aber stand genau zwischen ihnen.

»Was ist los mit euch?« schrie er. »Wohin? Warum drückt ihr mich so? Stehenbleiben, oder ich schieße!«

Anne und Maria aber umschlangen ihn.

Da zog er sein Messer aus dem Gürtel und hackte blind auf sie ein.

Doch schon nach dem ersten Hieb fühlten die Mädchen, daß sie sich nicht mehr vereinen mußten.

Die zerkratzten, blutenden Ballerinen standen da und schauten einander an, der Wachsoldat aber war verschwunden.

»Weißt du, was passiert ist?« heulte Anne erschüttert. »Das hat doch angeblich die Fee Brotbutter vorhergesagt! Wer versucht, uns auseinanderzuschneiden, der verwandelt sich in eine Durchfallbakterie!«

»Oh«, sagte Maria, »schnell weg, das fehlt uns noch, daß wir zu allem Unglück noch Durchfall kriegen!«

Erschüttert schauten sie auf den Boden, wo ihrer Vermutung nach eine schnurrbärtige, dicke Durchfallbakterie herumkriechen mußte, und wichen langsam zurück.

Manchmal besiegt das eine Böse das andere Böse, und Minus mal Minus ergibt Plus.

Niemand hielt sie auf.

Sie rannten in den Garten, irrten lange durch nasse Sträucher, bis sie das Tor fanden, wo der zu allem bereite Wächter stand.

»Rennen Sie schnell weg«, riefen die beiden ihm zu, »da kommt eine dicke Tante mit einem Messer, sie wollte uns erstechen!«

»Eine Dicke?« zuckte der Wächter zusammen und stürzte zum Telefon.

Anne und Maria schlüpften durchs Tor und waren in Freiheit.

Sie liefen so schnell sie konnten weg von dem verfluchten Ort.

Lange rannten sie, bis sie zu dem altbekannten Bahnhof kamen.

Wohin soll ein Unbehauster sonst flüchten?

Auf dem Bahnhof schauten sich Anne und Maria Zeitschriften an, die auf dem Boden herumlagen, und erfuhren, daß am nächsten Tag die triumphale Rückkehr der dicken Marianne erwartet wurde, des berühmten Zirkusstars, die jetzt angeblich nur noch fünfzig Kilo wog statt hundert.

Neben dem Text war ein Foto der neuen Marianne abgedruckt (der Sekretärin Nelly wie aus dem Gesicht geschnitten, aber mit großen Zähnen und verbreiterten Augenlidern, wodurch sie etwas schieläugig aussah wie eine Bulldogge, doch was will man verlangen) und eine Reklame der wunderbaren Klinik, in der der Mensch innerhalb von drei Tagen ein neues Gesicht bekam und der Organismus durch eine ideale Ernährung mit Kräutern aufgefrischt wurde.

Es wurde mitgeteilt, Marianne verlasse den Zirkus und beginne ein neues Leben, denn sie könne keine Gewichte mehr stemmen und keinen Hammel mehr essen und sei nicht mehr die stärkste Frau der Welt und nicht mehr der Champion der Tumbu-Tumbu-Inseln.

Dafür habe sie eine Abmagerungsklinik gekauft und ein Institut für Kräuterernährung, in dem als Direktor ihr Mann Waldemar arbeite – sie seien schon lange verheiratet, hätten es aber verheimlicht, denn eine große Artistin dürfe keinem allein gehören. Mehr noch, die neue Marianne habe ein »Museum der dicken Marianne« gegründet, wo alle Sachen der Fettleibigen ausgestellt würden, darunter auch ihre Unterwäsche und Fotos mit ihrem Mann Waldemar.

Außerdem waren Bilder abgedruckt, die die allmähliche Verwandlung der dicken Marianne in die schlanke darstellten. Ganz offensichtlich eine Fälschung, wie Maria und Anne wußten: Was kann man nicht alles erreichen, wenn man Negative aufeinanderlegt und Fotos kunstvoll retuschiert!

In der Zeitung war auch ein Interview mit Waldemar abgedruckt, der dort im Familienauto »Rolls-King-Size-Royce« (angefertigt auf Bestellung der früheren Marianne, man konnte es schließlich nicht wegwerfen) vor einem neuen Palast und vor der Klinik abgebildet war, aus der die zwei Schwestern gerade geflohen waren.

»Wie klug er alles eingefädelt hat«, sagte Maria.

»Wie gut, daß wir ihm nie etwas von den Tänzen erzählt haben!« sagte Anne. »Das haben wir dir zu verdanken. Du hast dich geschämt, daß der Bräutigam zwei Bräute hat.«

Sie standen schweigend auf dem zu dieser nächtlichen Stunde menschenleeren Bahnhof.

»Was sollen wir jetzt tun?« fragte Anne.

»Tanzen«, sagte Maria.

»Kannst du dich noch an das Märchen *Aschenputtel* erinnern? Immer wenn man es schwer hat, soll man tanzen!« sagte Anne.

Und sie nahmen die erste Position ein, flüsterten leise den Zaubersatz »Eins, zwei, drei, fallera« und begannen mit ihrem Tanz.

Gleich bildete sich um sie ein kleiner Kreis von Nachtschwärmern, Verkäufern und schlaflosen Reisenden mit Koffern, Taschen und Kindern, die alle fröhlich zu klatschen begannen und den beiden Mädchen Münzen hinwarfen.

Die Ballerinen sammelten das Geld schnell auf (wo ein Menschenauflauf ist, da ist auch Polizei mit Gummiknüppeln nicht weit), verließen ihre improvisierte Manege, kauften sich Fahrkarten für den nächsten Zug und fuhren weg aus der schrecklichen Stadt, wo sie dank ihrer Schönheit und ihres Talents so viele Abenteuer erleben mußten.

Bereits ein Jahr später glänzten die Schwestern Annemarie in der Nachbarstadt im teuersten Varieté mit ihrer großartigen Tanznummer, überall standen sie unter Personenschutz, der aus einem Alten in Generalsuniform bestand, sie hatten ein Haus am Meer und Verträge für alle Länder der Welt, einschließlich der unbekannten Insel Man-Wan.

Unter den Zuschauern konnte man übrigens oft den Zauberer entdecken, der ihnen Blumen, Perlenkronen und Pfauenfächer schickte, sein Geschmack war recht seltsam. Er fürchtete die Schwestern und ihre unsichtbare Beschützerin, die Fee Brotbutter, denn er hatte kapiert, daß sein eigener Fluch nicht in Erfüllung gegangen war.

Es gefiel ihm, die beiden aus der Ferne zu lieben, heimlich und ohne die Gefahr, einen Korb zu bekommen.

Zumal die unbekannte und gefährliche Brotbutter ihn noch für die früheren Streiche bestrafen konnte.

So merkwürdig es auch klingen mag, die beiden Mädchen bekamen oft Post von einem gewissen Waldemar.

Er schrieb, er habe sich auf den ersten Blick in Maria und Anne verliebt, er könne nicht einmal zwischen ihnen wählen und sei bereit, beide der Reihe nach zu heiraten.

Zur Zeit allerdings befinde er sich noch in finanziellen Nöten, seine böse Frau Marianne habe ihn grausam bestohlen, das gesamte Vermögen sich selbst vermacht und sei spurlos verschwunden. In der Klinik, die er, Waldemar, leitete, habe sich eine bösartige Durchfallbakterie eingenistet, auf Befehl der Behörden mußte die Klinik abgebrannt werden! So daß er die beiden um Hilfe bitte – 30 Millionen mit einer Rückzahlungsfrist von 49 Jahren.

Und jedem Brief waren Fotos von Waldemar beigefügt – in Badehose, im Smoking auf einem Ball, im Rollkragenpullover beim Lesen und dann noch mit Ledermantel und

Hut vor den rauchenden Ruinen der Klinik, mit einem traurigen Lächeln auf dem bleichen Gesicht.

Allerdings lasen die beiden Schwestern die Briefe nicht, mit großem Interesse wurden sie dagegen vom Alten in Generalsuniform zur Kenntnis genommen. Nach der Lektüre legte er sie in eine Mappe, schrieb eine Nummer darauf und schob sie in ein Fach im Schrank. Wenn er sich einmal zur Ruhe setzt, so hoffte er, könne er einen Roman über die große Kraft der Liebe schreiben, mit dem Titel *Die Leiden des jungen W.* – mit Fotodokumenten.

DIE NEUEN ABENTEUER DER SCHÖNEN HELENA

Wie jeder weiß, wird einmal alle tausend Jahre eine Schöne Helena geboren, und in der Nacht, als sie aus dem Meeresschaum ans Ufer steigen sollte, tauchte auf einem der Ladentische in unserem Städtchen ein Spieglein auf, das eine besondere Eigenschaft besaß: Wer sich darin spiegelte, ward nicht mehr gesehen.

Dieses Spieglein hatte der ansässige Zauberer präpariert, ein Säufer und Prahlhans, der des Nachts viel über das Schicksal der Welt nachdachte, alte Zeitungen und Bücher las, lötete, feilte, klebte, die Sterne beobachtete. Er hatte den Zeitpunkt des Erscheinens der Schönen Helena genau berechnet.

Der Zauberer selbst konnte Frauen (wie auch Männer) nicht leiden, er kam nur mit schwachen Großvätern und Großmüttern zurecht – und mit großen Kindern, ungeachtet ihrer Launen und Garstigkeiten. An sie hatte er gedacht, als er das Spieglein für die Schöne Helena anfertigte: Jeder weiß, wenn es Krieg gibt, sterben vor allem Alte und Kinder.

Und es ist ja allgemein bekannt, daß mit dem Erscheinen der Schönen Helena jedesmal lange und schreckliche Kriege ausbrechen, ganz zu schweigen von solchen Unannehmlichkeiten wie dem Verschwinden ganzer Völker.

Der Zauberer hatte ein volles Jahr dem Schleifen des funkelnden Spiegleins gewidmet, eine Seite hatte er mit geschmolzenem Silber bestrichen und sich selbst kein einziges Mal darin betrachtet. Ein Denkmal im Stadtzentrum jedoch hatte er darin gespiegelt, und im selben Augenblick war das Denkmal vergessen.

Es war verschwunden, ohne zu verschwinden.

Die Leute nahmen es einfach nicht mehr wahr.

Am nächsten Morgen allerdings, als der Zauberer wieder einen klaren Kopf hatte, klebte und feilte er noch ein bißchen am Spieglein herum und träufelte zu guter Letzt eine Flüssigkeit aus einem schwarzen Fläschchen auf dessen Oberfläche.

Das war ein zusätzliches Mittel – wenn jemand das Spieglein zerschlug, konnte man das Verschwundene wieder sehen.

In der Tiefe seiner Seele nämlich war der Zauberer gut, doch die Menschen brachten ihn dermaßen in Wut, daß er manchmal über die ganze Straße schrie, mit dem Fuß aufstampfte und mit den Armen fuchtelte.

Der Zauberer hatte also ein Gegengift gegen ihre Schönheit gefunden, und wie diese herrliche, aber bis ins Mark dumme, neugeborene Frau zu diesem Spieglein kommen sollte, war nur eine Frage seines professionellen Geschicks.

Sein Plan war, daß die Schöne Helena das Spieglein auf dem Basar kaufen sollte. Und daß es ein Weib nicht auf den Basar zöge – so etwas gibt es einfach nicht.

In dieser Hinsicht ging die Rechnung des Zauberers auf.

* * *

Die Nacht der Schaumgeburt war gekommen.

Der Anfang war ganz gewöhnlich, das heißt, die Schöne Helena entstieg im Evakostüm der Meereswoge. In einer Stadt am Meer wundert sich niemand über eine nächtliche Schwimmerin, die beim Licht der Sterne nackend badet.

Der Zauberer stand nicht einmal am Strand, er fürchtete die Wirkung von Helenas sagenhafter Schönheit, er hatte Angst, seine Zauberkraft zu verlieren. Er wollte den Ort, an den er sich so gewöhnt hatte, nicht verlassen, um einer schönen Frau hinterherzurennen, Gott weiß wohin. Denn genau dieses Los war allen Personen männlichen Geschlechts beschieden. Und zum Krieg kam es deshalb, weil beim Rennen die hinteren Reihen auf die vorderen stießen und die vorderen sich umdrehten, um dem einen oder anderen von den Hinteren eins in die Fresse zu geben, die Hinteren aber um eine Antwort nicht verlegen waren usw.

So ward die Schöne Helena also umbemerkt vom Meeresschaum geboren, stieg an den Strand, fand Kleider, die jemand liegengelassen hatte, trocknete sich seelenruhig mit dem fremden Handtuch ab, zog den fremden Bademantel an und die Latschen, nahm die fremde Handtasche und machte sich auf den Weg in die Stadt, ohne sich auch nur im geringsten um das Schicksal jener Dame zu kümmern, die fünf Minuten später ebenfalls dem Meeresschaum entstieg und am Ufer nichts weiter fand als ein nasses Handtuch.

Hier sei angemerkt, daß es das Schicksal und das Verhaltensmuster aller schönen Frauen ist, nicht über die Folgen ihres Tuns nachzudenken.

Außerdem, was kann man von einem Wesen verlangen, das gerade fünf Minuten alt ist!

Das einzige, was die Schaumgeborene im Überfluß besaß, waren – außer ihrer Schönheit natürlich – Neugier und der Wille, von anderen Frauen zu lernen.

Aber andere Frauen traf Helena auf der dunklen Gasse, die vom Meer zur Stadt hochführte, nicht, außer einer alten Oma, offenbar Katzenhirtin, die im Kreis ihrer Herde auf einem Stuhl vorm Haus saß, und einer nicht mehr ganz jungen Dame unter der einzigen Laterne weit und breit.

Die Katzenhirtin blickte die Schöne Helena scharf an und sagte: »Oh, da kommt die Pest!«, und die Katzen, allesamt Schöne Helenas ihres Geschlechts, leckten sich seelenruhig weiter. Diese Katzen hätten ein Vorbild für die Schöne Helena sein können, doch sie schenkte ihnen keinerlei Beachtung. Sie ging zur Laterne, wo die andere Frau stand und gerade einen Spiegel und einen fetten schwarzen Stift aus der Tasche holte.

Die Schöne Helena sah nun also zum erstenmal eine Frau (die Katzenmutter zählte nicht).

Sie malte sich vor Helenas Augen mit dem schwarzen Stift die Brauen an, so daß sie wie zwei große Kommas aussahen, deren Schwänzchen sich nach außen bogen.

Vor Entzücken blieb Helena fast das Herz stehen.

Aber das war noch nicht alles. Als die Frau mit den Brauen fertig war, malte sie sich mit dem schwarzen Stift auch noch die Augen an, so daß sie Fischen ähnlich wurden, deren Schwänze ebenfalls nach außen zeigten.

Dann packte die Frau den Stift wieder in die Tasche, holte einen Lippenstift hervor und schmierte eine dicke, rote Farbschicht auf ihren vorgewölbten Mund. Dann machte sie »mmh«, und die Pomade verteilte sich über die ganze Schnute.

Dann malte die unbekannte Schöne drumherum noch rote

Linien in Zwiebelform, und ihre Lippen waren nun fünfmal so groß wie vorher.

Als sie damit fertig war, betrachtete sie sich im Spiegel und sagte zufrieden: »Restaurierung des Gesichts anhand der Schädelform.« Worauf sie zwei rote Äpfel auf ihre Wangen zauberte, sich erneut im Spiegel betrachtete und ihr Werkzeug in der Tasche verstaute.

Müssen wir noch erwähnen, wie entzückt die Schöne Helena war und wie sie mit offenem Kirschmund der Unbekannten zuschaute, die ihr wie ein Ausbund an Schönheit vorkam, denn außer den schwarzen Brauen und den riesigen roten Lippen hatte sie noch einen Goldzahn im Mund (die anderen Zähne waren ebenfalls gelb, glänzten aber nicht).

Als die Schöne Helena dann aber noch sah, wie die Unbekannte sich eine Zigarette links neben den Goldzahn steckte und anzündete, war für sie die Sache geritzt. Jetzt wußte sie, wie sie aussehen mußte.

* * *

Sie trat zu der unbekannten Hübschen unter die Laterne und hörte sie deutlich sagen: »Verpiß dich, du Pflaume.«

»Hallo?« fragte die Schöne Helena.

»Hallo, meine Süße«, entgegnete ihr die Hübsche giftig.

Die Schöne Helena war verwirrt und schwieg.

Die Frau unter der Laterne war offensichtlich übelst gelaunt: »Wer hat dich hier eingeteilt, so eine Milchtüte? Ich könnte deine Mutter sein.«

Die Schöne Helena sah die Frau verwundert an, aber die lachte bloß: »Dir fallen wohl gleich die Augen aus dem Kopf? Los, steh hier nicht so dämlich rum.«

Und sie fügte noch einige lange unverständliche Sätze hinzu, die mit den Worten endeten: »Das hier ist mein Revier.«
Die Schöne Helena ging etwas verunsichert weiter und mied nun die Laternen, unter denen jemand »dämlich rumstand«. Im Dunkeln durchsuchte sie den Inhalt ihres Täschchens und fand darin einen Stift, Lippenpomade und ein Portemonnaie mit Geld.
Obwohl die Schöne Helena dumm wie Bohnenstroh war, begriff sie, daß noch ein Ding fehlte, in das man hineinschauen konnte.
Sie drehte und wendete die Pomade und den Stift, und von dem unbändigen Verlangen, genauso hübsch zu sein wie jene Unbekannte unter der Laterne, wurde ihr ganz schwindlig. Außerdem wünschte sie sich leidenschaftlich einen Goldzahn.
Es sei erwähnt, daß die wenigen Passanten der Schönen Helena ihrer merkwürdigen Badekleidung wegen keine besondere Beachtung schenkten. Lediglich ein Milliardär, der in völliger Einsamkeit, das heißt ohne Gespielinnen, nur von den Leibwächtern umgeben, zur Erholung im Städtchen am Meer weilte, sah von seinem Balkon aus das Mädchen in Bademantel und Latschen, die beim Morgengrauen unter einem Baum saß, in ihrer Tasche kramte und auf der Handfläche zwei Papierscheine zählte.
Gerade in diesem Augenblick hob die Schöne Helena den Kopf, schaute versonnen nach oben, und die ganze Gegend erstrahlte sogleich in einem bezaubernden goldenen Licht. Aber dieses Wunder währte nicht lange. Das Mädchen blickte wieder nach unten, offenbar hatte sie gerade ausgerechnet, wieviel eins plus eins ist.
Der Milliardär, ein sportlicher junger Mann, wollte ohne sei-

ne Leibwächter nach unten stürzen, doch die Jungs hielten ihn fest. Über ihr Mobiltelefon trafen sie alle möglichen Sicherheitsvorkehrungen, und als der junge Mann mit seinem Gefolge auf die Straße trat, war das Mädchen bereits verschwunden.

Nur in der Luft glitzerte und funkelte es.

Und es roch wie nach einem Gewitter.

Die Schöne Helena jedoch ging durch die Straßen und suchte nach einem Ding, in dem sie sich betrachten konnte.

Pfützen gab es keine, und die paar, die es gab, schillerten ölig. Sich vor einem Schaufenster oder einem fremden Fenster anzumalen wäre peinlich gewesen.

Aber die Schöne war ein Weib durch und durch, und bald machte sie eine Beobachtung: Alle Damen der Stadt gingen in ein und dieselbe Richtung.

Der Strom wurde immer dichter, in ihn ergossen sich die Bäche aus den Seitengassen. Helena ließ sich mittragen, und schließlich breitete sich vor ihr – o Wunder – ein riesiger Markt aus.

Helena paßte genau auf, wie sich die anderen Frauen benahmen. Sie gingen über den Markt, blieben hier und da stehen und fragten: »Wieviel kostet das?«, kramten in ihren Portemonnaies, schwitzten, waren nervös, zählten die Münzen, reichten Geld rüber und bekamen dafür Bündel, Plastiktüten, Schachteln, Töpfe, Taschen und Schuhe.

Die Schöne Helena fand das alles aufregend.

Mit dem Portemonnaie in der Faust drängelte sie sich durch die dichte Menge, erblickte endlich auf einem Ladentisch das Spieglein und fragte: »Hallo! Wieviel kostet das?«

Der Verkäufer, ein brünetter Mann, schaute die Schöne Helena geistesabwesend an. Doch plötzlich wurde er rot, hüstelte verlegen, seine Augen wurden starr, und er sagte: »Nimm alles, was du willst, umsonst, meine Liebe! Nimm mich!«

Da drehte sich die Verkäuferin um, erblickte die Schöne Helena und den dunkelroten Nacken des Verkäufers, und es begann einer jener kleinlichen, aber langwährenden Familienkriege, vor denen der Zauberer solche Angst hatte.

Die Schöne Helena flüchtete, doch es war schon passiert: Der Verkäufer rannte ihr hinterher, und hinter dem Verkäufer rannten seine Frau und seine Schwiegermutter, und alle Händler männlichen Geschlechts verließen ihre Arbeitsplätze und schlossen sich der Prozession an.

Aber die Schöne Helena wäre keine richtige Frau gewesen, hätte sie nicht das Spieglein in ihrer Hand gehalten. Sie hatte den Verkäufer beim Wort genommen und den Schatz vom Ladentisch stibitzt.

Sie rannte der Menge voran, aber ein Polizist hielt die Massendemonstration auf.

»Was geht hier vor?« kreischte er und griff nach seiner Waffe.

»He, Wachtmeister!« heulte die Frau des Verkäufers völlig außer Atem. »Sie ist eine Diebin, sie hat einen Spiegel geklaut!«

»Ich habe ihn ihr geschenkt, sie hat ihn nicht geklaut!« schrie der Verkäufer verzweifelt. »Ich hab ihn der geschenkt, die mein Herz gestohlen hat! Ihre Augen sind mein einziger Schatz!«

Aber die Frau zog mit der einen Hand die Schöne Helena an den Haaren, mit der anderen griff sie nach dem Spiegel.

Die Männer eilten der unschuldigen Schönheit zu Hilfe, aber die Schöne Helena war nicht dumm, sie kreischte auf und biß wie ein richtiges Weib in die Hand, die das Spieglein umklammerte. Mit ihrem Täschchen drosch sie auf die Verkäuferin ein. Das Knäuel löste sich, doch der Polizist verfärbte sich wie rote Bete im Kochtopf, als er die Schöne Helena anschaute, und pfiff schrill, wobei sein Gummiknüppel auf den Köpfen der versammelten Menge herumhüpfte.

Die Leute drängten sich um die Schöne Helena und starrten sie an.

Die stand mitten auf dem Markt, im goldenen Glanz, rotwangig und mit lockigem Haar, zornig mit den Augen blitzend, und hielt sich das Spieglein vors Gesicht, um zu sehen, wie die Verkäuferin sie zugerichtet hatte – und im nächsten Augenblick erlosch das Licht, und die Schöne Helena kümmerte keinen mehr.

Das Zauberspieglein hatte funktioniert!

Der Krieg war abgewendet.

Die Schöne Helena konnte nun in aller Seelenruhe den Schauplatz der Ereignisse verlassen und, bewaffnet mit schwarzem Stift und roter Pomade, in einem kleinen Park ungehemmt zur »Restaurierung des Gesichtes anhand der Schädelform« übergehen.

Sie machte aus ihren Brauen zwei Kommas, aus ihren Augen zwei Fische, aus dem Mund ein Herz und aus den Wangen Äpfelchen.

Dann schaute sie sich suchend um und fand auf der Erde goldenes Schokoladenpapier.

Die Schöne Helena riß ein Stück von der Folie ab, wickelte es um einen Vorderzahn und betrachtete sich im Spieglein.

Immer und immer wieder mußte sie hineinsehen und konnte sich nicht von ihrem wunderschönen Gesicht losreißen. Sie knirschte mit dem Goldzahn, machte mit den Lippen

»mmh« und flüsterte: »Verpiß dich, was stehst du hier so dämlich rum.«

Dann fand sie auf der Erde auch noch einen Zigarettenstummel, quetschte ihn sich zwischen ihre roten Lippen und betrachtete sich erneut.

Schließlich stand sie von der Parkbank auf und schlenderte mit den gleichen Bewegungen durch die Stadt, mit denen ihre erste Freundin unter der Laterne hin- und herstolziert war.

Aber niemand würdigte die Schöne Helena eines Blickes!

Mehr noch, niemand merkte, wie sie in den ersten Selbstbedienungsladen ging, der auf ihrem Weg in die Stadt lag, wie sie sich aus dem Regal ein Brötchen und eine Flasche Mineralwasser nahm.

Seelenruhig das Brötchen kauend, trat sie auf die Straße, wo sie Heißhunger überkam (immerhin hatte Helena seit ihrer Geburt nichts gegessen). Sie ging in ein Restaurant, setzte sich an einen Tisch, der Kellner, der sie natürlich nicht sah, deckte ohne Aufforderung ein (vielleicht für einen anderen Gast), brachte etwas zu essen, und die Schöne Helena verzehrte das wundervolle Mahl. Dann stand sie auf, ging hinaus, und keiner hielt sie auf.

Sie war sogar etwas enttäuscht, auch wenn es natürlich nicht angenehm ist, die Ursache endloser Skandale, Schlägereien und Prozessionen zu sein.

Welche Frau möchte schon, daß es den Männern bei ihrem Anblick die Sprache verschlägt und sie sich in einen Kampf gegen die eigenen Frauen werfen, nur um einer Schönen irgendwelche Kinkerlitzchen zu schenken. Und es ist unerträglich, wenn dich diese Frauen kratzen und an den Haaren ziehen. In der Regel gibt es für eine bezaubernd Schöne nur einen einzigen Ausweg – so schnell wie möglich mit dem Saufen anzufangen, wodurch die ganze Schönheit flötengeht. Oder Schauspielerin zu werden, was zum selben Ergebnis führt.

* * *

Eine schöne Frau zu sein ist schwer.

Doch ist es noch schlimmer, wenn man dich überhaupt nicht würdigt.

Und die Schöne Helena, die zum erstenmal in ihrem Leben nachdachte, suchte wie alle Frauen nach den Ursachen.

Der erste Grund war – alle Männer sind dumm, einer blöder als der andere.

Diese Brauen nicht zu sehen, diese Wangen! Den goldenen Zahn!

Aber dann begann die Schöne Helena, die eine gute Beobachtungsgabe hatte, die Frauen aufs Korn zu nehmen.

Ging auf der Straße ein Pärchen vorbei, schaute die Schöne Helena nicht dem Mann nach, sondern der Dame.

Im Restaurant sah sie die Mädchen nicht nur mit weit aufgerissenen Augen an, sie trat sogar ganz nahe an sie heran und befühlte den Stoff ihrer Kleider.

Im Kaufhaus verfolgte sie buchstäblich alle hübschen Frauen, drängte sich zu ihnen in die Umkleidekabine und beobachtete aus allernächster Nähe den Prozeß des Kleiderwechselns.

Nach einer Weile kam sie zu der bemerkenswerten Erkenntnis: Nicht alle Damen malen sich so an wie die Unbekannte unter der Laterne.

Zwar hatten alle den gleichen Gang und rauchten wie diese, doch angemalt und angezogen waren sie anders.

Sie hatten nicht so tiefe Dekolletés, daß man bis zum

Bauchnabel gucken konnte, und ihre Röcke waren nicht so kurz, daß sie nicht einmal die Arme heben konnten.

Auch die Stöckelabsätze der Frau unter der Laterne waren offenbar ziemlich hoch gewesen, und Goldzähne sah die Schöne Helena ebenfalls nur ein einziges Mal, als sie sich unter Zigeunerinnen mengte, worauf sie das Goldpapier sofort aus ihrem Mund entfernte.

Das Selbststudium der Schönen Helena lief auf vollen Touren, sie war bereits in fünf verschiedenen Geschäften gewesen und hatte sich von Kopf bis Fuß eingekleidet. In einem Friseursalon hatte sie Ruß und Pomade vom Gesicht gewaschen und sich mit den feinsten Cremes eingeschmiert, ohne um Erlaubnis zu fragen.

Stift und Pomade warf sie weg, das Spieglein aber behielt sie – es lag in einer weißen Krokodilledertasche.

Von Zeit zu Zeit betrachtete sie sich darin, erblickte ihr hübsches, sauber gewaschenes Gesicht – aber niemand schenkte ihr Beachtung.

Pärchen gingen spazieren oder saßen in Straßencafés, einsame Frauen und Männer mit verschlossenen Gesichtern gingen vorbei, ohne nach jemandem Ausschau zu halten. Denn wer niemanden sucht, den suchen alle und umgekehrt – das ist in einem Badeort Gesetz.

Die Schöne Helena aber, die von alledem nichts wußte, wurde gegen Abend müde und kam zu jenem Baum, unter dem sie am frühen Morgen in Latschen und Bademantel die beiden Geldscheine gezählt hatte.

Ihre Füße brannten, und sie setzte sich in ihrem himmelblauen Seidenkleid und mit dem weißen Hut auf die Erde.

Da trat gerade der einsame Milliardär auf seinen Balkon und hielt sehnsüchtig Ausschau nach der Schönen Helena, das heißt, er blickte zu jenem leeren Fleck unterm Baum, den sie morgens mit ihrer göttlichen Anwesenheit beehrt hatte.

Sie hatte nicht einmal gemerkt, daß er sie gesehen hatte, und wurde nun schrecklich verlegen und rot, von Kopf bis Fuß erstrahlte sie in Gold, ihre Augen leuchteten unerträglich und sandten blaue Strahlen zum Balkon.

Wäre der Milliardär einer von Millionen Männern gewesen, die der Schönen Helena ihr Herz zu Füßen legen wollten, hätte sie ihn nicht beachtet.

Jetzt aber war er der einzige, der sie überhaupt bemerkte.

Deshalb (in der Not frißt der Teufel Fliegen) setzte sich die Schöne Helena kokett zur Seite und starrte auf den ersten schwachen Stern über den Bergen, ein bißchen über dem Unbekannten und ein bißchen links von ihm. Dann schaute sie auf ihre eigenen Sandalen und ganz plötzlich auf das Objekt ihres Interesses – das zur Antwort gähnte, sich mit den Händen übers Gesicht fuhr und zurück ins Zimmer ging.

Die Schöne Helena verstand überhaupt nichts mehr.

Trottel, dachte sie traurig.

Ihr goldenes Licht erlosch.

Ich hätte nichts dagegen, in seinen Palast zu ziehen, dachte sie. Irgendwo muß man ja wohnen.

Das war natürlich eine Ausrede, sie hatte sich selbstredend in den jungen Mann verliebt. Gesagt – getan, die unsichtbare Helena konnte auf dem Weg zu ihrem Liebsten durch alle Sperren rutschen wie ein warmes Messer durch Butter – sie passierte die Leibwächter, die vor dem Fernseher hockten und mit ihren MPs spielten, sie ging am Sekretär vorbei, der zwanzig Telefonapparate bediente und ebenfalls fernsah, und dann schlich sie sich hinter dem Rücken des Lakaien, der die Hunde vom Gassigehen zurückbrachte, durch die mit einem

Code gesicherte Tür ins Gemach des Milliardärs. Der lag im Bett und guckte ebenfalls fern.

Helena legte sich neben ihn aufs Bett, das so groß wie ein Tennisplatz war, und sah auch fern – zum erstenmal in ihrem Leben sah sie die Serie von der verbotenen Liebe und weinte am Ende gar, so sehr gefiel ihr der Film.

Der Milliardär hätte laut Kurvertrag eigentlich zum Abendessen ins Kasino fahren müssen. Er sollte dort Hunderttausend verspielen, als Trostpreis eine Uhr mit Computer entgegennehmen und diese Uhr einer hübschen Schauspielerin aus der Kabaretttruppe schenken. Dann sollte ein Tanz mit der Hübschen folgen, ein Abendessen, das von CNN International übertragen werden würde, eine Nacht im Club, und für all das sollte er Geld bekommen, denn die Anwesenheit des Milliardärs war ein Reklametrick – Stumpfsinn hoch drei.

Er konnte nicht einfach irgendwohin gehen, einem Fräulein Blumen schenken und im Meer baden. Alles wurde umgehend im Fernsehen gezeigt.

Der Milliardär brach also auf, und die Schöne Helena folgte ihm. Sie setzte sich in die Limousine, in der auch ein Fernseher lief, und fuhr mit ihm zum Kasino. Doch nun geriet alles durcheinander, denn die Schöne Helena, die dem Milliardär die Daumen drückte, hielt die Roulettescheibe immer genau dort an, wo seine Chips lagen.

Niemand bemerkte den Betrug, die Schöne Helena erwies sich als kluges Mädchen und bremste die Scheibe sehr vorsichtig.

Der Milliardär gewann Hunderttausend, bekam keinen Trostpreis und konnte demzufolge auch der Solistin vom Kabarett nichts schenken. Er kam aus dem Konzept und forderte sie nicht einmal zum Tanzen auf. Die bestellten Musiker jedoch fingen zu spielen an, und die Schöne Helena lag plötzlich in den Armen des Milliardärs. Wie im Traum schien er sich ganz allein im Kreis zu drehen und meisterhaft nachzuahmen, wie er seine Partnerin zärtlich an sich drückt. Der Reporter von CNN war begeistert, und die Aufzeichnung wurde als Beispiel für hervorragende Pantomime von allen Programmen übertragen. Der Milliardär küßte sogar seiner eingebildeten Partnerin die Hand!

Alle verdienten damit einen Haufen Geld.

Niemand hatte von ihm solche schauspielerischen Talente erwartet.

Die Zuschauer klatschten wie wild Beifall, der Milliardär verbeugte sich verlegen und dachte, er habe den Verstand verloren: Eben noch hatte er ein Mädchen an sich gedrückt, ein so zartes, schönes, nicht zu greifendes, das nach dem besten Parfüm der Welt duftete...

(Natürlich hatte die Schöne Helena im Laden ein Fläschchen Parfüm mitgehen lassen, sie konnte ja nicht wissen, daß es so viel kostete wie ein Haus an der Strandpromenade...)

Der Milliardär schaute lächelnd um sich – wahrscheinlich hatte sich jemand einen Scherz mit ihm erlaubt.

Die Leute lachten auch. Eigentlich sollte der Milliardär nun mit der Kabarettistin in den Nachtclub fahren. Die Schauspielerin – nicht mehr die Jüngste, sie war schon zweiunddreißigmal geliftet worden, aber ein Star geblieben – ging schon auf den Milliardär zu. Da trat jemand auf den Saum ihres Kleides, die Seide zerriß, die Schauspielerin schaute sich den Schaden an, erblickte ihren eigenen Schlüpfer und kroch hinter den nächsten Vorhang, so, wie sich die Sonne hinter einer Wolke versteckt: eben war sie noch da, und plötzlich ist sie weg.

Der Milliardär ging ganz allein zu seiner Limousine, aber als er die Tür zuschlug, wurde ihm erneut schwindlig – neben ihm saß die Schöne Helena (er roch das Parfüm) und lachte leise...

»Laß uns nach Hause fahren«, sagte sie.

Der Milliardär vernahm weder ihre Stimme noch ihr Lachen, er sah niemanden neben sich, soviel er auch mit den Händen in die Luft griff, doch die Limousine wendete plötzlich und fuhr statt in den Nachtclub nach Hause, zum einsamen Fernseher und den drei Hunden, die bereits auf dem Tennisplatzbett schliefen, nur auf dem anderen Feld, im Aus.

* * *

Die ganze Nacht träumte der Milliardär einen wundersamen Traum: Die Schöne sitzt unterm Baum am Strand, und er kniet neben ihr. Sie flechten entweder einen Kranz oder spielen Dame, sie hat einen Bademantel und Hausschuhe an, wirre Locken fallen ihr ins rosige Gesicht, und goldenes Licht fließt von ihren zärtlichen Händen...

Der Milliardär fiel in eine seltsame Depression, die dem Zustand stillen Entzückens ähnelte. Er schmiß alles hin, erschien nicht auf der Pressekonferenz, ritt nicht aus, besuchte nicht den Golfclub. Nur im Kasino konnte man ihn sehen, wo er jeden Abend seine Hunderttausend gewann.

Die Schöne Helena aß von nun an mit ihm von einem Teller und schlief mit ihm in einem Bett – nur in einer anderen Ecke, bei den Hunden, die sie, nebenbei gesagt, schrecklich liebgewannen. Sie ging mit ihnen spazieren, und die Hunde sprangen und hüpften dabei vor Freude.

Aber lange konnte das nicht dauern.

Der Schönen Helena gefiel dieses Leben – sie hatte es warm, war satt und lustig (jeden Abend die Fernsehserie von der verbotenen Liebe), neben ihr der geliebte Mann, keiner, der sie begrapschen wollte, keiner, der rot wurde wie eine Tomate, keiner, der vor Begierde keuchte. Keiner klaute sie, keine Prügeleien, keine Schlachten, keine Kriege.

Der Milliardär jedoch verlor langsam den Verstand, er sah im Traum immerzu das einfache Mädchen in Bademantel und Latschen, das zwei Geldscheine in der Hand hielt.

Er träumte davon, sie zu finden, sie mit Gold zu überhäufen, in ein Perlenkleid zu stecken, sie überallhin mitzunehmen, stolz auf sie zu sein. Und sie sollte ihm Kinder schenken. Sie würden alle zusammen auf einer Insel leben usw. Er weinte und verging vor Sehnsucht.

Der Zauberer aber rieb sich die Hände, noch ein bißchen – und der Milliardär würde sein Testament machen zugunsten der Ärmsten der Stadt und vom Balkon springen, direkt vor den Baum, den er so gern allabendlich betrachtete.

* * *

Doch eine Frau, die keinen Ausweg wüßte, gibt es nicht.

Eines Tages wartete die Schöne Helena die Nacht ab und ging zu ihrer einzigen Bekannten in der Stadt, das heißt zu der Frau in der Hafengasse. Diese stand wie immer unter der Laterne und trat von einem Stöckelschuh auf den anderen. Ein nächtlicher Wind pfiff, der Herbst begann.

Die Frau trug eine abgewetzte Pelzjacke, und von der Straßenkreuzung her warf die Katzenmutter, die in der Pelzjacke das unglückliche Schicksal Dutzender Katzen vermutete, einen bösen Blick auf sie.

Die Schöne Helena trat unter die Laterne und sagte: »Hallo! Guten Tag!«

Die Frau zuckte zusammen und brummte: »Verdammter Schiet, keiner kommt mit.«

Eine andere trat aus dem Dunkeln, beleibt wie ein Berg, ebenfalls in oller Pelzjacke, und mit hohen feuerroten Stiefeln an den nackten Beinen. »Mit wem redest du da?«

Die Katzenmutter rutschte auf ihrem Stuhl hin und her und hob einige Katzen vom Bürgersteig auf ihren Schoß.

»Mit mir selbst«, antwortete die Kollegin unter der Laterne. »Ob ich mal zum Zauberer gehe, damit er mir ein Mittelchen gegen das Alter gibt. Oder sein Spieglein, das unsichtbar macht. Leben, alles sehen, aber selbst nicht bemerkt werden! Er hat überall rumerzählt, daß er so ein Ding erfunden hat. Er hat geprahlt, daß er die Welt vor einem Krieg bewahrt hat. Aber leider hat er das Spieglein nicht mehr, irgendein Lenchen soll's jetzt haben, doch die kann keiner sehen. Er selbst hat's erfunden, aber kann sie nicht finden! Wer in dieses Spieglein schaut, der verschwindet!«

»Was soll daran gut sein?« sagte die Dicke. »Dann kann man ja gleich abkratzen!«

»Im Suff hat er in der Kneipe gesagt: ›Wenn das Spieglein zerschlagen wird, kann die Verschwundene in die Welt zurückkehren.‹ Weil Vera ihn gefragt hat: ›Wie? Ewig unbeachtet bleiben? Wer würde sich auf so was einlassen? Das ist ja eine Tragödie!‹ Da hat er gesagt – ›Nicht auf ewig.‹«

Im selben Augenblick hörten beide, wie Glas zersprang, und plötzlich tauchte eine Figur aus der Dunkelheit auf.

Die beiden Frauen drehten sich in panischer Angst um und kreischten auf. »Wer da? Du hast mir aber einen Schreck eingejagt, du Pflaume«, sagte die Dünne erleichtert.

»Hier ist das Spieglein«, sagte die Schöne Helena.

Im selben Augenblick hob die Dicke die größte Scherbe von der Erde auf, hielt sie vor ihr Gesicht und verschwand.

Die Dünne stürzte ebenfalls zu dem zersprungenen Spiegel, der im Licht der Laterne funkelte, und sagte schnell: »Ich auch, ich auch!«

Sie betrachtete sich in einer kleinen Scherbe und verschwand wie die andere.

Die Schöne Helena überlegte, hob die letzte Scherbe von der Erde auf und steckte sie ein.

Am nächsten Morgen trat der Milliardär wie immer auf den Balkon, blickte zum Baum hinunter und sah dort eine lärmende Menschenmenge. Drei Männer schlugen wütend aufeinander ein, die übrigen schrien, und in der Mitte stand das Mädchen mit dem rosigen Gesicht und den goldenen Locken und blickte zu ihm hoch. Ein Polizist hielt sie am Arm fest.

Der Milliardär spuckte wütend aus. Er brauchte fünf Minuten, um den Ring seiner Leibwächter zu durchbrechen, aber da waren die Menschen bereits gelangweilt auseinandergegangen. Ein Notarzt kümmerte sich um zwei Verwundete.

Am Straßenrand standen Großmütter und sagten so etwas wie »unsere haben die anderen ordentlich verdroschen«.

»Wo ist das Mädchen?« fragte der Milliardär.

Die alten Frauen schielten ihn mißtrauisch an und drehten sich weg.

Seine Nachforschungen in Gefängnissen und Polizeistationen waren erfolglos.

Zeugen sagten aus, es habe da irgend so ein Mädchen gestanden, doch die sei offensichtlich weggelaufen.

Da besorgte sich der Milliardär eine Strickleiter, die er heimlich am Balkon festmachte.

Er wartete darauf, daß das Mädchen noch einmal käme.
Aber der Herbst ging in einen regnerischen, schmutzigen Winter über, und kein Mädchen erschien unterm Baum.
Sogar das Fernsehteam verließ den Kurort.
»Soll ich mich jetzt aufhängen?« fragte sich eines Tages der Milliardär verzweifelt. »Ich kann nicht weg, sie ist irgendwo in der Nähe, ich fühle das! Hörst du mich? Ich bin bereit zu sterben, nur um dich noch einmal zu sehen!«
Und plötzlich merkte er, wie ihn jemand mit einem Spiegel blendete. Der Milliardär begriff, daß ihm eine unsichtbare Person von unten, vom Baum aus, ein Signal sandte.
Er ließ die Strickleiter hinab und kletterte heimlich nach unten.
Unterm Baum schwebte eine schmale Spiegelscherbe in der Luft.
Der Milliardär griff nach ihr und schaute hinein.
Im selben Augenblick schrie er auf, denn er hatte sein Mädchen erblickt – sie stand neben ihm und lächelte ihn an.
Der Milliardär jedoch ward nicht mehr gesehen.
Er war verschwunden, ohne ein Testament zu hinterlassen, und da er weder tot noch lebendig aufgefunden wurde, bekam keiner sein Geld. Es schmort immer noch auf der Bank vor sich hin.
Die gerichtliche Untersuchung ergab, daß seine Leibwächter von den Fernsehleuten gekauft worden waren und ihren Schützling nirgendwo hingelassen hatten, ohne sie zu informieren. Das Fernsehen hatte mit den Sendungen über den Milliardär unendlich viel Geld gemacht.
Bei der Untersuchung wurde auch die vom Balkon gelassene Strickleiter entdeckt – und sechs Abdrücke von den Hausschuhen des Milliardärs, dann verlor sich die Spur.

Der Zauberer allerdings hatte, wie die Polizeispitzel zu melden wußten, die ganze Nacht allein in einem Café getrunken und niemanden an seinen Tisch gelassen, obwohl zwei Stühle frei waren. Aber offenbar hatte er sich im trunkenen Zustand mit diesen beiden Stühlen unterhalten und so getan, als stieße er mit jemandem an und mache jemandem Komplimente wegen eines Kleides von Chanel und Stiefeln von Versace und einem wunderbaren Hut.

Der Milliardär ist also verschwunden, und vielleicht liegt das Spieglein jetzt in der Tasche der Schönen Helena, damit sie eines schönen Tages mit dem Milliardär auf die Welt zurückkehren kann. Aber bis heute hat niemand etwas von ihnen gehört.

Vielleicht leben sie zu zweit irgendwo in einem Palast auf einer Insel, reisen unsichtbar mit dem Flugzeug oder mit dem Schiff durch die Welt, glücklich und froh, und niemand kann an ihnen Geld verdienen und ihnen mit der Kamera auflauern, niemand sie entführen oder ihretwegen einen Krieg anfangen...

Und wenn sie schließlich in aller Ruhe alt geworden sind, zerschlagen sie vielleicht das Spieglein und kommen auf die Welt zurück – zwei unbekannte, sanftmütige Alte – und ziehen in eine kleine Stadt...

Doch bis dahin ist es noch weit.

INHALT

Wenedikt Jerofejew

Die Reise nach Petuschki

Ein Poem. Aus dem Russischen von Natascha Spitz. 172 Seiten. SP 671

Die absurde Reisebeschreibung einer feuchtfröhlichen Zugfahrt ist seit 1978 ein zum Dauerseller mutierter Geheimtip und ein singuläres Meisterwerk.

Auf dem Weg zum Kursker Bahnhof in Moskau beginnt dieses Selbstgespräch des Trunkenboldes Wenedikt Jerofejew, das sich zu einer Reisebeschreibung entwickelt, die in ihrem scharfen Witz und in ihrer bodenlosen Albernheit innerhalb der zeitgenössischen sowjetischen Literatur einzigartig ist. Wenedikt, Einwohner von Moskau, der den Kreml noch nie gesehen hat, weil er im Suff immer wieder daran vorbeigefahren ist, besteigt mit einem Köfferchen voll Schnaps den Vorortzug nach Petuschki. Die Reise wird zu einer einzigen Sauftour: Wenedikt trinkt, die Mitreisenden trinken, Oberschaffner Semjonytsch, der von den Schwarzfahrern statt einer Kopeke ein Gramm Wodka pro Kilometer kassiert, trinkt. Von Station zu Station und von Flasche zu Flasche werden Wenedikts Monologe und sein Gedankenaustausch mit den Reisegefährten aberwitziger, der Alkohol durchtränkt jede Seite des Buchs. Das paradiesische Petuschki wird Wenedikt nie erreichen.

»Jerofejews Komik hat viele Facetten, äußerst bedenkenlos läßt er die Schilderung chaotischer Realität in handfeste Satire und sehr intelligenten Nonsens übergehen.«
Robert Gernhardt

SERIE PIPER

Güney Dal

Europastraße 5

Roman. Aus dem Türkischen von Carl Koß. 257 Seiten. SP 632

Held dieses auf ganz eigene Weise ebenso komischen wie tragischen Romans ist jene Verkehrsader quer durch Europa, auf der mehrmals jährlich ein ganzes Volk zwischen Heimat und Arbeitsexil hin- und herpendelt: Die Strecke München – Salzburg – Belgrad – Skopje – Sofia – Istanbul: die »E 5«. Auf ihr versucht der in Berlin lebende Türke Salim Yanarca den Leichnam seines Vaters zurück in die Türkei zu schmuggeln. Der Fernsehapparat, der Vater Hasan sein Visum überziehen und somit zum »Illegalen« werden ließ, soll indirekt dabei helfen: Der stabile Karton, in den er verpackt war, sollte über alle Grenzen halten. Denkt Salim ...

Ein modernes Abenteuer auf der Schicksalsstraße der Türken, die in Deutschland leben.

Janitscharenmusik

Roman. Aus dem Türkischen von Carl Koß. Mit einem Vorwort von Sten Nadolny. 349 Seiten. SP 2690

Ist Ömer Kul noch zu retten? Der Türke lebt seit langem mit seiner Familie in Berlin und ist nachrichtenkrank: Die Medien, behauptet er, verfälschen die Wahrheit. Die alltäglichen Lügen, die niemand außer ihm bemerkt, machen ihm schwer zu schaffen. Deshalb plant er die Herausgabe einer Zeitung mit dem Titel: »Meine Wahrheiten« und veröffentlicht sie vorerst als Wandzeitung in seiner eigenen Wohnung. Einzige Wirkung: Überarbeitung und Zusammenbruch Ömer Kuls. Er muß in die psychosomatische Klinik. Und da begegnet er einem »Spion« auf der Krankenstation ... Hirngespinste oder Realität? Güney Dal spielt perfekt mit Worten und Wirklichkeiten und läßt den Roman einem ganz eigenen Rhythmus folgen – dem der Janitscharenmusik.

Abdelkader Benali

Hochzeit am Meer

Roman. Aus dem Niederländischen von Gregor Seferens. 224 Seiten. SP 2968

Westlich erzogen, besinnt sich der Autor auf seine marokkanischen Wurzeln und erzählt mit überbordender Lust am Fabulieren von Mosa und dem kleinen Dorf an der marokkanischen Küste.

Nach anfänglichem Zögern hat sich Rebekka überreden lassen, ihren Onkel Mosa zu heiraten: Geschäft ist Geschäft, und schließlich soll Mosa damit die Aufenthaltserlaubnis für die Niederlande bekommen, wohin die marokkanische Familie Minar vor vielen Jahren gezogen ist. Doch am Tag der feierlichen Hochzeit, die an der marokkanischen Küste begangen werden soll, fehlt nur einer – der Bräutigam, und vieles spricht dafür, daß er sich in sein Lieblingsbordell »Lolita« zurückgezogen hat. Während die Hochzeitsgäste ungeduldig warten, wird Rebekkas Bruder Lamarat auf die Suche geschickt. Als Mosa schließlich sturzbetrunken erscheint, rächt sich die Braut auf ebenso ungewöhnliche wie drastische Weise …

»So haben einst die orientalischen Geschichtenerzähler fabuliert, so launig und launisch, jedem Einfall nacheilend, tausendundein Gedanke. Der Marokkaner Abdelkader Benali (23) lebt zwar in Holland, doch seine ›Hochzeit am Meer‹ feiert er in der Heimat. Ein erstaunlicher, fremdartiger Stil, ein tolles Debüt: Distanziert, ironisch und voller Zuneigung erzählt Benali die unglaublichen Erlebnisse des Taugenichts Mosa, seiner Braut und des naiven Lamarat aus Mohnsamenstadt.«
Elle

»Eindringlich beschreibt der Roman Lebenswelten und Personen. Eine fast irreale Erzählung über Gefühle, Leidenschaften, Verwirrungen, tief verankert in der Realität.«
taz

»Benalis furiose Erzählung ist eine komplexe Geschichte von der Begegnung zwischen Europa und Nordafrika. Und eine ganz einfache über den Lärm, das Chaos und das Glück in den Kakteenfeldern.«
Der Spiegel

SERIE PIPER

H. C. Artmanns

Schauerromane

Herausgegeben und mit einem Nachwort von Klaus G. Renner. 111 Seiten. SP 2600

Wenn H. C. Artmann sich im Genre des Schauerromans tummelt, kann man sicher sein, daß dieser »vampirische Altgraf«, wie er einmal genannt wurde, mit listiger Akribie aus Sprache und Horror einen blutig-anthropophagischen Schauercocktail mixt. Alle Schauerromane Artmanns sind in diesem Band erstmals versammelt – anarchisch, kurz und abartig vergnüglich. Ist doch »H. C. Artmann, der Verwandlungskünstler, der Masken tragende Poet, der einzige Dichter, der einen 650-Seiten-Roman ohne Verlust auf sieben Seiten reduzieren kann«, wie Klaus G. Renner im Nachwort schreibt.

Allerleirausch

Neue schöne Kinderreime. 58 Seiten. SP 2599

1967 antwortete H. C. Artmann auf Hans Magnus Enzensbergers Sammlung von Kinderreimen: statt »Allerleirauh« bei Artmann »Allerleirausch« – böse, bissige, absurde Kinderreime, versetzt mit blutrünstig-makabren Zutaten aus dem Reich des Horros.

»Die niedere Mythologie à la Hartmann und Werwolf, Django und Superman, Schrumpfkopf und Drakula wird im sorgsam beibehaltenen Versmaß von Kinderlied und Abzählvers als Reservoir ironisch-dämonischer Schreckschüsse eingesetzt; man erwartet Reinheit und Unschuld, Poesie und kindgemäßen Witz, und dann pfeifen einem sozusagen blutbeschmierte Querschläger um die auf gerührtes Lauschen eingestellten Ohren.«

Jörg Drews

Pierre Gripari

Göttliche und andere Lügengeschichten

Aus dem Französischen von Cornelia Langendorf. Ausgewählt und herausgegeben von Jean-Jacques Langendorf. 192 Seiten. SP 2245

Wer wollte sie nicht immer schon wissen, die Sache mit dem Weihnachtsmann? Der sitzt, so klärt der spöttische Melancholiker Gripari auf, in einem miesen Kabuff, wärend das Christkind eine ganze Etage belegt für Sekretariat, Management, Werbung und was so ein Youngster noch alles braucht, um sich wichtig zu machen. Was bleibt dem alten Rauschebart da anderes, als über den Rotzlöffel zu murren, der ihm die Zuwendung der Kinder streitig macht. – So vergnüglich und augenzwinkernd, voll sprühender Einfälle, wie diese Wahrheit über den Weihnachtsmann lesen sich auch die dreizehn weiteren Geschichten des Bandes, die sich immer wieder um göttliche und höllische Wesen ranken, um kleine Monster, Vampire und Märchengestalten. Eine witzige, hintersinnige Lektüre.

»Diese Sketche, Märchen, Geschichten und Kalauer haben eine angenehme Leichtigkeit, manche sind scharf gewürzt, ohne aber zu verschrecken. Denn all diese langen Nasen und krummen Larven, diese Talkshows aus dem Jenseits oder der Hölle, diese vermischten Nachrichten aus Politik und Zeitgeschehen sind gelungene Schmunzelstücke. Hier zählt die Eleganz des Lebensmüden, die Heiterkeit des Pessimisten, die Hoffnung des Atheisten, die Liebenswürdigkeit des Schwermütigen und in den besten Momenten die Poesie des Verlorenen.«

Süddeutsche Zeitung

Kleiner Idiotenführer durch die Hölle

Aus dem Französischen von Cornelia Langendorf und Hans Therre. 144 Seiten. SP 2244

Pierre Gripari, Franzose griechischer Abstammung, war ein melancholischer Satiriker gewissermaßen aus der Familie der Voltaires, Gogols und Nestroys. Seine Meisterstücke sind die bösen Nettigkeiten, die Gott, dem Teufel und anderen Autoritäten gelten.